정수산의 시가 있는 산문

# 어머니

## 정수산의 시가 있는 산문 **어머니**

초판 1쇄 인쇄     2015년 1월 28일
초판 1쇄 발행     2015년 1월 30일

지은이     정 수 산
펴낸이     손 형 국
펴낸곳     (주)북랩
편집인     선일영                    편집     이소현, 김진주, 이탄석, 김아름
디자인     이현수, 김루리, 윤미리내        제작     박기성, 황동현, 구성우
마케팅     김회란, 이희정
출판등록   2004. 12. 1(제2012-000051호)
주소       서울시 금천구 가산디지털 1로 168, 우림라이온스밸리 B동 B113, 114호
홈페이지   www.book.co.kr
전화번호   (02)2026-5777              팩스     (02)2026-5747

ISBN      979-11-5585-474-7 03810(종이책)
          979-11-5585-475-4 05810(전자책)

이 도서의 국립중앙도서관 출판예정도서목록(CIP)은 서지정보유통지원시스템 홈페이지(http://seoji.nl.go.kr)와
국가자료공동목록시스템(http://www.nl.go.kr/kolisnet)에서 이용하실 수 있습니다.
( CIP제어번호 : CIP2015002652 )

# 어머니

정수산의 시가 있는 산문

북랩 book Lab

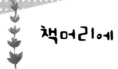

## 책머리에

저는 애국가를 즐겨 부릅니다.

"하느님이 보우하사…."

하느님께서 보호하신다는 가사가 다른 나라 국가에도 있는
지는 모르겠으나 애국가를 부르면서 느끼는 건 하느님께서
우리나라를 무척 사랑하신다는 것입니다. 애국심과 기도로
무장하여 승리한 이스라엘의 '6일 전쟁'을 기억하면서 더욱
사무쳐왔습니다.

예부터 우리나라는 외세의 침략을 많이 받았으나 이겨냈으
며, 일제 압제하의 질곡 속에서도 꿋꿋했고, 희망을 잃지 않
았습니다.

그것이 세월호 사건 속에서 드러났습니다.

"세월호 속에 비겁한 교사는 단 한 명도 없었다."는 기사를
보고, 저는 대한민국의 밝은 미래를 봅니다.

12명의 교사가 살신성인하여 살린 제자들은 그 뜻을 기려 의롭게 살 것이며, 젊은이들도 동참하여 그렇게 살 것이기 때문입니다.

신문사에서 취재한 12의인들 이야기입니다.

편의점에서 일하면서도 친구들에게 살갑게 대한 양온유 학생
"엄마, 가스 불 잠갔어?"어른보다 주위를 꼼꼼히 챙긴 최덕하 학생
큰 덩치에 남 배려 잘하는 된장 같은 학생 정차웅
제자들과 소통하며 다정했던 미남 교사 남윤철
엄하지만 맞장구 잘 쳐주는 왕언니 최혜정 교사
말썽 부리는 제자에게 내리는 벌은 '토요일에 나랑 공차기'
딸 바보, 제자 바보 박육근 교사
"승무원은 맨 마지막이야."라며 학생에게 구명조끼를 벗어준 박지영 승무원
12살에 어느 할머니 무거운 짐 들어준 양현영 승무원
15장 담요 들어 올리는 정 장군, 정현선 승무원

기계 지식에 해박하여 빌 게이츠로 통했던 김기웅 아르바이트생

궂은 일 도맡아 한, 웃음 박사 양재홍 사무장

차려놓은 밥상 물리치고 진도로 간 민간 잠수사 이광욱


모두들 평소 밝은 모습으로 친절히, 진정으로 사람을 대하
는 이웃 사랑 실천의 천사들이었다 하니,


의인은 죽어 하늘(천국)에 있고

불의한 자는 살아 굴욕의 올무를 썼구나


오늘, 같은 도시 안산에서

파렴치한 살인자와 극명하게 대조되어

의인의 넋은 별처럼 빛나고 있누나.


저는 주님의 부르심을 받아 7개월간 내 집에 감금되어 오
로지 읽고, 쓰고, 생각하며 장편소설 『주여, 임하소서』를 썼

고, 산문집『어머니』를 완성했습니다.

『어머니』는 제 평생을 총망라하여 쓴 뼈아픈 소산입니다.

독자들께 마음의 양식이 된다면 정말 좋겠습니다.

『어머니』를 탈고하고 제일 먼저 떠오른 화두가 '노숙자를 구제할 길을 없는가?'였습니다.

저는 기도의 전령사가 되기로 약속했기에 이날부터 그들이 일하면서 따뜻한 방에서 잘 수 있게 해달라고 주님께 간구하고 있습니다.

겨울 하늘도 참 맑고 높습니다.

하늘처럼 파랗게, 높고 맑게 살길 원하며, 시와 소설 쓰기에 전념하면서 하루를 기쁘게 채우며 살 것입니다.

애독자 여러분 가정에 주님의 은총 충만하시기를 빕니다.


2015년 1월

정수산

# 차 례

어머니

# 엄마


## 어머니

새끼별이 이탈할까
항구히 자리 지키는
태양의 어머니

세파에 구겨져 파김치가 되다가도
당신 모습 떠올리면
파아란 하늘이 나타나요
가슴이 열리며
세상이 착해 보이거든요

오랜만에 뵈온 당신께
까르륵대며 소녀적 수다도 떨고
골 패인 주름살에 투정도 보태지요

그래도 어머니, 또 뵈오면
거친 손 쓸어보며
밭 이랑 고향 내음도 맡고
꿈 많은 어린 날 헤던
은하수도 만나 볼래요


    십 수년 전에 쓴 시인데, 그때 나는 엄마가 오래 사실 거라 예감했다. 자식들을 너무 사랑하셔서 오래도록 지켜주실 거라 믿었기 때문이다.

    나는 남해 섬 20여 가구의 작은 마을에서 어린 시절을 보냈다. 이곳은 고조할아버지께서 항일 운동을 하다 피신하여 은거하던 곳이며, 그 후 자손들이 촌락을 이루고 살아 이곳 사람들은 정씨 마을이라 불렀다.

    나는 고조할아버지(이곳 사람들은 정 대장이라 칭함)의 직계 손으로 매년 은신처 움막에 가서 제를 지내면 따라 가곤 했다.

    마을 사람 거의가 일가친척이라 모두가 보호막이고 울이어서 나는 참 든든했고, 정 대장의 후손이라는 자긍심 속에서 어린 시절을 행복하게 보냈는데, 이때 우리 엄마의 모습은 너무 부지런하다는 것이었다.

마을 사람들이 모여 모내기를 할 때도 손이 빨라 남 두 배의 몫을 해낸다며 칭찬하는 얘기를 들었고, 길쌈도 빈틈없이 촘촘하게 잘한다고 했다. 또한 농한기 때엔 마을 사람들 한복을 지어주셨는데 솜씨가 뛰어나 칭찬이 자자했다.

내가 초등학교 4학년 때 면사무소에서 좀 가까운 곳으로 이사하여 지금껏 살고 계신 우리 엄마.

한 가지 안타까운 건, 젊어서는 아버지께서 외지에서 일을 하셨고, 노후에는 다리가 아파 일을 못하셔서 남자 할 일까지 엄마 혼자 도맡아 해 오셨다는 것, 그것이 참 가슴 아프다.

그래도 엄마는 농지를 팔 수 없다며 그 억센 일을 혼자 다 하시며 자식들에게 철마다 농사지은 곡식을 보내셨다.

몇 해 전, 8월에 갔더니 집 옆 텃밭에 이랑을 내어 씨를 뿌렸는데, 11월에 갔더니 탐스런 무들이 쑥쑥 뽑혔다.

시골에서 자랐는데도 나는 농작물이 자라나는 게 참 신통하다. '어째서 저 씨가 자라 사람이 먹을 수 있는 농작물이 될까?''사람은 어찌 배 속에서 생명이 태동하여 나올까?'

창조주의 권능에 경탄할 뿐이다.

엄마는 온갖 농작물을 다 지어내신다.

논에서는 1년에 한 번 벼만 생산되지만, 밭에서는 두 번, 다른 작물을 수확해 낸다. 어느 때에 어떤 작물이 잘 자라는지 파악해야 되고, 때 맞춰 심고 갈아야 하는데 어르신네가 그 몫을 다 해내는 게 신통방통이다.

엄마는 양심을 속이는 법이 없었다. 어렸을 때엔 좋은 콩은 내다 팔고, 벌레 먹고 못난 것들만 우리 밥상에 올리곤 하셨다.

고추를 씻어 말릴 때도 대부분 물만 휙 뿌려 말리는데도 엄마는 여러 번 씻어 내 자식에게 주는 것과 똑같이 하여 내다 파셨다.

엄마의 하루는 늘 짧다.
"벌써 해가 저물었네."
달력을 보시고는
"오늘이 조금이네. 세월이 잘 간다."

시간을 금쪽같이 쪼개 쓰며 사시는 엄마가 부러웠다. 그런 엄마의 삶을 숭앙하며 나도 부지런을 떨어본다.

올해 82세인 우리 엄마가 내 눈엔 참 예쁘시다. 눈이 너무 맑기 때문이다.

나는 이렇게 말했다.
"엄마는 일생을 참 깨끗하게 살아오신 것 같아요."

엄마는 곧장 응답하셨다.
"깨끗하게 살았다."

그해 가을 나는 이런 시를 썼다.


## 울엄마

고향집 옆마당에 누렁호박
정답게 어깨동무하듯
무더기로 쌓아놓은 울엄마 손세

마늘 양파 줄기 모아 잡아
뒤꼍 헛간 기둥에 매달아 놓은
대대손손 지혜

정다워라, 코스모스 핀 담장 밑 장독대
예전에 없던 빨간 장미도 피었는데
아직도 손수 담그시는 장맛 그대로
울엄마 손맛 그대로일세

애타는 내 가슴 한켠에
인생 깊이로 파고드는 가을 하늘에
번지는 울엄마 마음
사랑으로 핀다 핀다

# 파리는 과연 숨어 있었을까,
# 기절해 있었을까?


요즘 나는 한 달째 집안 재정비를 하고 있다. 처음엔 봄이라 대청소하자고 시작했는데, 겨울 이불 빨고 문 틈 사이까지 닦고 났는데, 문득 '아직도 버릴 게 있나?' 하는 의문이 들었다.

쉽게 버리지 못하는 내 성격 탓에 이사 오기 전, 이사 와서 버리느라 얼마나 고생했는지 모른다. '버릴 건 버리자. 못 버리는 것도 집착이다. 궁극적으로 그것도 욕심이다.'라는 깨달음과 함께 4년여 전 이사 오면서 버리기 대작전을 감행했던 것이다. 쓰지 않는 것, 쓰지 않을 것은 과감히 버렸다. 책도 낡아 냄새 나는 것들은 버렸다.

그때 '내가 이렇게 많이 가지고 사나? 쓸데없는 것들인데…' 하고 적이 놀랐다.

이후로 나는 꼭 필요한 것 외에는 사지 않는다.


집안의 서랍들을 뒤져 정리하고, 거실 앞 뒤 베란다 것들을 뒤지기 시작했다.

　아직도 버릴 것이 있었다. 종이 한 장도 읽어 보고 버려야
하는 성미 때문에 시간이 오래 걸렸다. 베란다 안쪽에 쪼그
리고 앉아 일을 하니 답답했다. 그래서 바깥 창문을 열었다.
그런데 아차, 방충망이 설치되지 않은 쪽을 열었던 것이다.

　그 사이 파리 두 마리가 날아들었다.

　나중에 보니 웬일인지 파리 한 마리는 베란다 쪽 방 창문
사이에, 한 마리는 거실 문 사이에서 움직거리고 있었다.

　마음속으로 '에구 잘됐다. 내가 죽이지 않아도 거기서 죽겠
구먼.'하고 좋아했다.

　그런데 어떻게 비집고 나왔는지 온 집안을 윙윙거리며 날아
다닌다. 자세히 보니 문이 이중창으로 되어 있어 들어가고 나
올 틈이 있다. 그래서 쓰레기 봉지를 묶어 버리고 물도 부어
버리고 속으로 '어디 니가 얼마나 사나 보자. 사람은 음식 안
먹고 물 안 마시면 7~8일 산다는데, 파리 너는 얼마나 사나
보자.'라며 그냥 놔뒀다.

　그런데 점심 먹으려고 밥상을 차리는데 음식에 날아들어
할 수 없이 신문지를 말아 내리쳤다. 한 마리는 죽었는데, 한
마리가 아무리 찾아도 보이지 않기에 청소하면 나오겠지 싶
어 죽은 놈 찾기를 포기했다.

헌데 식사를 끝내고 일어서는데 파리 한 마리가 다시 날아다니고 있지 않는가! 할 수 없이 잡긴 했는데 20여 분 동안 파리는 어디 있었을까?'라는 의문이 든다.

'기절해 있었나?'

이 파리 이야기를 해줬더니 우리 애가 "숨어 있었겠죠."한다.

과연 파리는 기절해 있었을까, 숨어 있었을까?

# 세월호 참사

4월 16일, 세월호 사건이 터지고 인터넷엔 세월호가 1994년 일본에서 건조되고, 2012년 한국 선박 회사에서 사들였다는 기사가 떴다.

저녁 식탁에서 나는 이렇게 말했다.

"선박 수명(선령)이 20여 년밖에 안 된단 말이야?"

인천에서 제주까지 항시 오가는 배이니 암초는 아닐 테고, 태풍도 아니고, 천안함 같은 사고가 아니라면 고장이 날지언정 웬만해선 전복되질 않을 텐데, 하는 생각에서였다.

다음 날, 선장이 제일 먼저 탈출하고, 승객들에게 움직이지 말라는 안내 방송이 있었다는 속보가 전해졌다. 또한 세월호가 승객과 짐을 많이 싣기 위해 개조되었으며, 선령이 25년인데 30년으로 연장해 주었다는 속보도 전해진다.

온 국민이 분노하기 시작했고, 특별법을 만들어 도망간 선장을 무기징역 시키자는 여론도 들끓고 있다. 안내 방송에 충실했던 학생들이 더 많이 희생되었다는 소식에 모두가 가슴을 친다.

"배를 개조한 선주가 제일 나쁜 놈이야."라고 내가 말하니 우리 애가 "아니죠, 선장이죠."라고 하여 나는 바로 인정했다. "맞아, 선장이 제일 나빠. 배는 전복돼도 쉽게 가라앉지 않으니 침몰하여 선주야 망하든 말든 승객들만 살리면 되니까 선장의 임무가 제일 중요해."

승객들의 목숨은 선장에게 달렸다. 배에서는 선장이 통수권자다.

승객들을 구하는 방법은 그다지 어렵지 않다고 생각된다.

배가 전복될 위기에 처했다면 선장은 제일 먼저 구조 요청을 해야 한다. 구조 요청하는 데 왜 그리 시간이 걸렸는지, 혼선이 빚어졌는지 그도 이해하지 못할 부분이다.

다음은 안내 방송을 해야 한다.

"옷을 최대한 두껍게 입고, 구명조끼를 착용하고 기다려 주십시오."

그리고 승무원들을 배의 모든 층에 배치시키고 다음 내용을 주지시키면 된다.

승객들을 맨 위층(갑판)으로 최대한 집결시키고, 가능한 한

위층으로 올라오게 하여 구조선이 오면 질서있게 구조하도록 하면 되는 것이다.

만약 배가 침몰할 상황이면 모두 바다에 뛰어들라고 해야 한다.

TV에 일본의 선박 전문가가 나와서 배가 기울었다 해도 두 시간이면 모두 구할 수 있었다고 말한다.

4월 18일, 나는 지인들에게 카카오톡으로 이런 글을 올렸다.

이번 사건은 정말 복통이 터진다. 배를 개조한 선주, 도
망간 선장, 승객들을 못 움직이게 한 안내 방송.
참으로 개탄스럽다.
아, 물이 차올라 숨진 영혼들을 위해 기도해야 하리!

타이타닉 영화가 생각나네.
타이타닉호 사건은 어쩔 수 없는 운명 같은 것이었다.
망원경으로 암초를 발견하고 방향을 틀었지만 살짝 부
딪혔고, 몇 시간(?) 뒤에 가라앉을 것이니 즉시 구조해 달

라고 선장은 요청했다.

최선으로 달려온 구명정에 어린이와 노약자 먼저 태우고, 영국 신사, 각국 젊은이들은 구명조끼 입고 바다에 떠서 구조를 기다리다 저체온증으로 얼어 죽었잖냐. 물론 선장도 숨졌고.

영화를 보고 온 날 나는 이런 생각을 했어.
내가 칠십 넘은 노인이었다면 눈빛 선한 한 젊은이에게 "부양해야 할 가족이 있다면 나 대신 이 구명정을 타게. 나는 살 만큼 살았네."했을 거라고.

모두가 정직하게 규칙만 준수했다면 일본 전문가의 말처럼 다 구조됐을 거라고 나는 생각한다. 설사 구조를 다 못했더라도 구명조끼 입고 바다에 떠 있기라도 했다면 시신이라도 온전히 건질 수 있을 것을!
선주와 선장의 질못으로 수백 명 아까운 목숨 앗아가고, 막대한 국고 낭비에다 전 국민의 우울까지⋯ 참으로 안타깝다.

# 독도가 위험해

4월 29일, MBC 〈PD수첩〉의 '누가 동해 명기를 이끌었나'를 보고 깜짝 놀랐다.

'독도는 우리 땅' 노래가 열창되던 때였으니까 10년도 훨씬 넘은 것 같다. 이때 나는 동남아에 거주하고 있었는데, 이런 이야기를 들었다.

원래 말레이시아의 영토였던 섬을 어느 날부터 싱가포르가 자기네 땅이라고 우기기 시작했다. 그 후 국제사법 재판관들이 이 섬이 싱가포르 땅이라고 선포해버려 싱가포르 영토가 되어버렸다는 것이다.

나는 그때 '일본이 독도를 삼키려고 하는구나.' 하는 저의를 느꼈고, 심히 우려했다.

'나라에서 어련히 알아서 할려구, 외교부에서 잘할 거야.'라며 잊고 있었는데, 세계 각국의 지도에 일본해(Sea of Japan)라고 명기된 것이 65%가 넘는다니!

독도가 자기네 땅이라고 우겨놓고, 십 수년간 일본은 치밀하게 준비해온 것이다.

한국이 일본 섬을 점거하고 있으며, 이는 부당한 처사라고 주장하는 일본의 로비에 넘어간 각국 의원들은 일본해가 정당하다며 법안을 통과시켜 차례차례 일본해로 명기하도록 한 것이다.

도대체 우리나라 정부는 이런 사실을 모르고 있었는지, 방관하고 있었는지! 국록을 먹는 외교관들은 이렇게 되도록 뭘 하고 있었는지!

독도가 얼마나 중요한지는 삼척동자도 안다. 영공권과 해저자원….

이제 돈으로 매수되지 않는 강국 미국만이 남은 것 같다, 미국까지 일본해로 명기해버리면 일본은 분명 국제 사법부로 가져갈 것이다. 명분은 충분하니까 재판관들도 일본 땅으로 선포할 수밖에 없는 것이다.

전 세계의 지도에 '동해(East of Sea)'가 아닌 '일본해'로 명기

정수산의 시가 있는 산문

되어 국제사법재판소에서 일본 땅이라고 선포해버리면 그때 가서 독도가 우리 땅이라고 아무리 외쳐도 소용없고, 역사적 고증 자료를 들이대도 그건 지나간 옛 역사에 불과한 종이 쪽지일 뿐이다.

다행히 미국 버지니아 주에서 '동해'로 법안이 통과되고, 주지사의 서명까지 끝났다고 한다. Mark Kim이라는 분이 주도하여 미 한인들의 서명을 받아내고, 의원들과 주지사를 끈질기게 설득하여 얻은 열매라고 한다. 진정한 애국자다.

이 과정에서 일본 당국이 의원들과 주지사에게 죽이겠다는 의도가 담긴 협박성 메일까지 보냈다고 한다. 이런 협박까지 받으면서도 한국을 지지한 것은 정당성, 합리성을 존중하는 미국인의 신념이 아닐까?

지금 뉴욕에서도 학부모 협회, 뉴욕 한인 협회 등의 서명을 받고 있다 한다.

정부는 미 한인 사회를 돕고, 주마다 동해로 명기될 수 있도록 최선을 다해야 할 것이다. 믿어 본다. 믿는다.

# 나는 누구인가?

'부활 시기, 하느님 앞에 나는 누구인가 물으시는 주일 강론
에 많은 생각을 하게 되네.'라는 친구의 글이 카카오톡에 떴다.
나는 이렇게 답글을 보냈다.


나는 나, 세상에서 유일한 존재. 과거의 나는 미숙했더
라도 현재의 내가 잘 성숙하여 만족하고 있다면 좋지. 그
리고 미래의 내 모습을 바람직하게 변화시키려고 노력한
다면 금상첨화 아닐까? 어떻게 변하든 나는 나인 거야.
산은 산이요, 물은 물이라 했듯.


식탁에서 가족에게 내가 물었다.
음식 중 썩지 않는 것이 무어냐고.
더 있는지는 모르겠으나 설탕, 소금, 꿀, 식초, 이 네 가지

식품이 꼽혔다.

그러나 이것들도 다른 것들과 희석되면 썩는다. 아니, 정말 오래되면 내용물이 변질될 것이다.

자연의 이치상 모든 것은 변한다. 사람도 시간의 흐름에 따라 변한다.

우리 둘째가 스무 살 적에 쓴 글이 있다.

시간이란 흐르기 때문에 존재한다. 나를 스치는 한 순간을 행복해 하고, 내가 내쉬는 한숨을 사랑하자. 사랑과 행복만이 시간의 의미를 채울 수 있고, 시간의 흐름을 붙잡을 수 있다.

젊은이다운 열정과 희망이 담겨 있다.

반면, 50대 초반의 내 수첩에는 이렇게 적혀 있다.

아무리 안타까와해도 지난 세월은 다시 오지 않는다.

아무리 취하려 해도 되지 않는 것에 너무 집착 마라. 이
루어질 수 있는 것, 없는 것 그것들에 수긍하고, 가진 것
에 만족하자.


중년 들어 자족하려는 의지가 엿보이는 글이라 하겠다.

이렇게 세대에 따라 나이테처럼 인생관이 다른 모습을 보이
기도 한다.


모든 식물들은 생성된 점의 선상에서 머물다 가지만, 하등
동물들도 그들 나름대로 살다 가지만, 고등 동물들은 사람과
같이 2차적 뇌의 구조가 형성되어 있어 두려움, 질투심, 슬픔
같은 감정을 느낀다고 한다.

원숭이, 소, 노루, 개 같은 영물은 도살장에 끌려가면 이상
히 여기며, 공포감을 느낀다고 한다. 그래서 요즘엔 고통 없
이, 모르게 죽인다고 들었는데, 제발 그렇기를 바란다.

특히 개는 주인의 마음까지 읽어 외로운 이들의 벗이 되기
도 한다. 그러나 나도 잠시 개를 키워 봤지만 개는 개, 사람으
로 착각해선 안 된다고 본다.

그러면 고등 동물 중 만물의 영장이라고 하는 사람은 뭐가

다를까?

3차적 뇌의 발달로 과학의 발전을 이룰 수 있고, 섬세한 감성으로 예술을 향상시켜 삶의 질을 높일 수도 있으며, 특히 조음 기간이 발달돼 있어 언어 구사 능력이 무궁무진하다고 한다.

일부 동물들이 소리나 몸짓으로 의사소통을 하고, 훈련시키면 단순한 언어를 습득하기도 하지만, 그것은 극히 제한적이라고 한다.

사람은 양심이라는 잣대를 갖고 태어난다. 이를 자기 의지로 통제하며, 선을 향해 아름답게 살 때 인간답다.

나는 변화하는 상대성을 가진 반면, '나는 나'라는 절대성을 지닌 유일무이한 존재인 것이다.

# 예외는 있다

무슨 일에나 어떤 것에나 예외는 있다.

자연의 이치도 그렇다고 한다. 네 잎 클로버가 있듯이 모든 자연물에는 몇 % 정도의 예외가 있다고 한다.

대개 부모가 우수하면 자식들도 우수한 유전자를 가지고 태어날 확률이 높다고 한다. 그러나 똑같은 부모의 유전자를 타고 나는데도 형제들이 많을 경우 다 우수한 경우는 보지 못했다.

예외가 있다는 것은 가능성이기도 하다. 부모가 우수하지 않아도 이전 조상의 잠재력이 숨어 있다가 걸출한 인재가 툭 튀어 나올 수도 있다는 희망이니까.

결혼하기 전 나는 출판사 편집부에서 일한 적이 있는데, 그때 편집장님이 키가 작아도 너무 작았다. 집안 내력이라고 하셨다. 그래서인지 부인은 키도 크고 덩치도 큰 분을 맞으셨다. 식구들이 모두 좋아한다 하셨다.

그런데, 아들을 낳았는데 아빠와 판박이라는 사실. 그래도 부장님은 다음번에는 엄마를 닮을 것이란 희망을 갖고 계셨다.

희망, 그것이다. 사람이 사는 데 명약 같은 것이 희망이란 싹이다. 봄이 되면 새싹이 돋듯 우리 모두는 희망을 안고 산다. 언젠가는 희망의 싹이 돋을 것이라는 기대 속에 산다.

그러나 예외를 인정하고 사는 것 또한 잊어서는 안 될 일이다.

"내 속에서 어찌 이런 게 나왔나?" 하고 한탄하는 것을 주위에서 듣게 되는데, 이 예외를 받아들이고, 수긍하며 살아내야 하는 것이 또한 인생이다.

모든 일이 잘 되다가 안 되면 '예외인가 보다'하며 잠시 쉬어가야 할 필요성이 있다. 만사가 잘 안 풀릴 땐 뭐가 잘못되었는지 뒤돌아보고, 눈높이를 낮추는 겸허함도 기억해야 하리!

바둑에서도 버릴 건 버려야 큰 것이 산다고 하니 때로 버릴 건 버리고, 비울 건 비운 후 다시 채워야 하는 것이다. 그리고 잘 되리란 희망을 안고 문을 두드리고, 개척의 길을 찾아나서야 할 것이다.

오늘 새로이 스스로에게 다짐해보는 바이다.

# 종교

목련꽃이 화사하게 피어나는 봄날, 의논할 일이 있어 평소 존경해온 외숙부님을 뵈러 갔다. 감잎차와 유부 초밥, 오징어 부침개, 밤묵을 쑤어 들고 갔는데, "묵을 집에서 쑤었으면 힘들었을 텐데…" 하시면서 잘 잡수신다. 외숙모님께서 과일과 차를 내오셔 먹고 마시면서 이런저런 얘기를 나누다 종교 이야기가 나왔다.

나는 3년여 전, 39년을 다니던 가톨릭에서 기독교로 개종했는데, 교회를 다녀보니 장단점이 있었다. 찬송가가 제일 문제였는데, 찬송가는 성가에 비해 힘차고 단순해 따라 부르기 좋은데도 성가에 너무 익숙해져 있어서 그런지 영 적응이 안 되었다. 그래도 나름 적응하려고 애쓴 탓인지 최근 들어서는 그런대로 따라 부를 만했다.

그런데 갈등이 찾아들었다.

교회에서 운영하는 문화교실에서 어르신들께 한글 가르치

는 봉사를 하고 있는데, 학기가 끝나면 다시 성당으로 가야 겠다는 말을 꺼내니, 외숙부께서 종교에 대해 설파를 하시면 서 "그냥 교회에 다녀라" 하신다.

나는 설득 당했다. 공감했기 때문이다.

이래서 사람 마음이 간사하다 했는가. 마음속으로 결심하고 있던 일이 고매한 분의 식견에 무너진 것이다.


가톨릭 신자였을 때, 성모마리아를 믿는다며 비판하는 분이 있었는데, 나는 성모님은 예수님의 어머니로 공경할 뿐이고, 우리가 믿는 분은 삼위일체이신 하느님, 예수님, 성령이시라며 항변한 적이 있다.

"성부와 성자와 성령의 이름으로, 아멘."

가톨릭에서 분명히 이렇게 가르친다.


"너희 중에 죄 없는 자가 이 여인에게 돌로 쳐라."

누가 감히 이런 명철한 말씀을 날릴 수 있을까?

유명한 사상가, 철학자들의 명언집을 읽어 보았지만 가슴을 울리는 말은 찾을 수가 없었다. 오히려 속담이나 격언이 더 공감되었다.

"일곱 번씩 일흔 번이라도 용서해라."

서너 번 용서하는 데도 밉고 정 떨어지는데 어떻게…?

신성을 겸비하지 않으면 할 수 없는 말씀이다. 이외에도 성서에는 놀라운 말씀들이 수없이 많다.

예수님은 죽음에서 부활하셨으며 그리고 승천하셨다. 주님께서 우리 인간을 구원하시고자 당신의 외아들 예수 그리스도를 이 땅에 보내셨다. 이렇게 신성과 인성을 겸비한 예수 그리스도를 나는 믿는다.

전지전능하신 주님을 한마디로 표현하자면 '사랑'이시라 한다. 지고지순의 이 사랑을 향해 나는 진정한 그리스도인으로 거듭나며 살길 원한다. 아니, 내가 크리스천인 이유는 그 유명한 고린도전서 13장의 말씀으로도 충분하다.

사랑은 오래 참습니다. 사랑은 친절합니다. 사랑은 시기하지 않습니다. 사랑은 자랑하지 않습니다. 사랑은 교만하지 않습니다. 사랑은 무례하지 않습니다. 사랑은 사욕을 품지 않습니다. 사랑은 성을 내지 않습니다. 사랑은 앙심을 품지 않습니다. 사랑은 불의를 보고 기뻐하지 아니하고, 진리를 보고 기뻐합니다. 사랑은 모든 것을 덮어주고, 모든 것을 믿고, 모든 것을 바라고, 모든 것을 견디어 냅니다.

# 어르신들과의 야유회

화창한 봄날, 우리 교회 한글교실에서 어르신들을 모시고 남이섬에 가게 되었다.

내가 가르치는 분은 손자가 학교에서 오는 시간에 맞출 수가 없어 참석하지 못하시고, 다른 분과 짝지가 되었다. 인사만 하고 얼굴만 아는 사이라 어색할 줄 알았는데 우린 죽이 착착 맞았다.

오전 아홉 시에 버스를 탔는데, 아침으로 떡과 김밥 반줄을 준다. 김밥을 나눠 먹으며 봉사자들의 솜씨에 감탄한다. 김밥이 맛있어도 너무 맛있다.

올해 벚꽃이 일찍 피어 서울은 벚꽃이 거의 졌는데, 웬일인지 차를 타고 가는 길가에 벚꽃이 줄지어 피어 있다. 우리가 앉은 쪽으로 어떤 마을에 강이 길게 늘어져 있고, 강을 따라 벚꽃이 피어 있는데 정말 화사하다. 반대쪽을 보니 벚꽃은 안 보이고 모두들 이야기하느라 정신이 없다.

"다들 이야기하느라 꽃구경은 안 하네 그려. 우리가 재수가 좋아 이쪽에 앉아 꽃구경 실컷 하네." 하며 매우 좋아하신다.

가는 길목에도 산에도 벚꽃뿐만 아니라 이름 모를 꽃들이 많이 피어 있다.

점심시간이 되니 멸치볶음, 오이지, 돼지 불고기 등 푸짐한 음식을 준다. 교회 노력 봉사하는 분들의 노고로 우리는 그저 앉아서 얻어먹기만 해 미안스럽다. 이 무슨 호강인가.

점심 후 봉사자들이 식사하는 동안 우린 가까운 곳으로 산책을 나섰다.

조금 걸으니 강을 따라 산책로가 있고, 쑥도 보인다. 이분은 쑥을 뜯어가자며 쑥을 뜯기 시작했다. 나도 같이 뜯어 보태주었다. 시간이 꽤 지났는데 가자 해도 아니 오신다. 채근하여 왔는데 남이섬으로 들어가는 줄을 겨우 따라 잡아 갔다. 하마터면 놓칠 뻔했다.

15분쯤 배를 타고 가니 남이섬이다.

호수 가운데 있는 섬으로 뻥 도는 데 한 시간쯤 걸린단다. 연세가 90을 넘어 휠체어를 타고 오신 두 분은 남으시고, 걸을 사람은 걷고, 걸을 자신이 없는 사람은 모노레일(Mono rail)을 탄단다.

우리는 다른 한 선생님과 셋이 한 팀이 되어 걸었다.

이 좋은 봄날, 나무들 사이로 걷는 기분은 유쾌, 상쾌, 통쾌. 신선놀음이 따로 없다. 이런 저런 이야기를 나누며 물가를 따라 걸으니 산들 바람이 살며시 불어와 볼을 간지럽힌다. 감미롭고 신선하다. 가을에 오면 은행잎이 장관이라니 또 와야 될 것 같다.

한 바퀴 돌고도 약정 시간이 안 되니 이분은 또 쑥을 뜯으신다. 미끄러져 물에 빠질까 봐 위험한 데 가시지 말라며 만류해야 했다.

남이섬과 인사를 하고 돌아오는 차 안에서 또 간식을 준다. 사과 하나를 베어 먹고 물도 마시고…. 정말 모든 게 당일 여행으로 최고였다. 즐거운 야유회였다.

이 모든 것을 주관하며 봉사하시는 분을 우린 교장 선생님이라 부르는데, 이 권사님은 내년에 70이라는데, 열정이 대단하시고 빈틈없이 일을 진행하신다.

일주일에 한 번, 두 시간 공부 중 쉬는 시간에 과자나 빵 등의 간식을 조금 주는데, 어느 날 약식을 먹었는데 너무 맛있었다. 누가 해왔느냐고 물었더니 이 권사님이 해오셨단다.

이렇게 소리 없이 봉사하는 마음에 예쁜 꽃 하나가 피었지 싶다.

# 귀여운 손자

솔직히 손자가 태어나고부터 누구 만나면 자랑하고 싶다.

매사 하는 짓이 너무 이뻐 자랑하지 않고 배길 수가 없기 때문이다. 아는 사람을 만나 손주 이야기를 꺼내면 만 원 내놓고 하란다. 그러면 나는 "여기 만 원." 하면서 손바닥을 마주 치며 웃곤 한다.

그런데 지난달 모임에서 손자 이야기를 꺼냈더니, 10만 원을 내놓으라기에 농담이지만 기껍지 않아 "치사해서 안 해."라며 거두어 버렸다.

'너도 손주 봐봐라. 어디 자랑 안 하나 보자.'라고 속으로 생각했다.

나는 요즘 너무 행복하다. 우리 애기가 꼭 안아 주면 그렇게 행복할 수가 없다.

오늘은 가족끼리 기특한 손자 이야기를 하며 흐뭇해했다.

어린이집에서 있었던 일인데, 친구가 우니까 한참 바라보더니 그 친구에게 공을 갖다 줬다는 것이다.

우리 애기는 공을 무척 좋아한다. 자기가 제일 좋아하는 것을 남에게 줬다는 것은 측은지심과 배려의 마음이 있음이다.

또래 아이들에 비해 말을 빨리 하기 시작했다든지, 무척 활동적이고, 흥도 있으며, 개구지기도 하다는 이야기를 들었을 땐 "그래, 다 좋은 거야."라며 은근히 좋아했는데, 20개월 된 애기가 친구와 잘 논다든지 친구를 배려해 줬다는 것은 자랑 좀 해도 되지 않을까?

육아는 힘들다.

그러나 이렇게 어른을 신명나게 하고, 새순을 보는 기쁨을 주니 그게 바로 살맛 아니겠는가!

새 생명은 기쁨이며, 희망이다. 그래서 위대하다.

# 내가 좋아하는 것들

나는 꽃과 나무를 좋아한다. 그러나 농작물을 더 좋아한다.

미를 향한 그리움은 인간의 본능이지 싶다. 개인차는 있겠으나 아름답고자 하는 것은 여성의 기본 심리이고, 도를 넘어 미를 향한 무한질주는 끝이 없어 요즘엔 온갖 성형까지 등장한 모양이다.

이런 이야기가 있다.

최고의 미인상을 그리기 위해 코는 누구의 코, 입은 누구, 눈은 누구 하여 그렸는데, 의외로 아름답지 않았다는 것이다.

미의 기준은 주관적일 수 있다.

나는 천하일색의 몇몇 미인들을 빼고는 어느 하나가 약간 부족한 듯한, 일탈의 미인이 매력적이라고 생각한다.

유명 탤런트 중에 얼굴형이 약간 네모진데 참 예쁜 사람이 있었다. 그런데 어느 날 턱을 깎았는지 갸름해진 얼굴로 나타났는데, 이전만 못하였다.

타고난 미인이 아닐지라도 누구나 그 사람 나름의 개성이 있다. 귀엽다든가, 복스럽다든가, 대차고 야무지게 생겼다거나….

성형하여 이 개성을 감쇄시키지는 않을지 재고해야 할 일이다. 오히려 나이에 걸맞게, 장소에 어울리게 잘 차려입고, 단장하는 데 신경 써야 하지 않을까?

꽃은 그 자체로 아름답다.

우리나라는 사계절이 있어 얼마나 다양한 꽃이 피는지 모른다. 한겨울만 지나면 매화를 시작으로 개나리, 진달래, 목련, 벚꽃, 철쭉, 라일락, 장미, 코스모스, 국화 등 철 따라 수많은 꽃을 감상할 수 있다.

나는 목련의 청초함과 벚꽃의 화사함과 연보라빛 라일락 향기를 좋아한다. 하지만 장미를 더 좋아한다. 가까이서 보나 멀리서 보나 귀스럽고 화려하며 5, 6월에 피었다가 8, 9월까지 개화 기간도 길기 때문이다.

법정 스님은 『무소유』에서 화단 가득 핀 양귀비꽃을 보고는 '아름다움이란 떨림이요, 기쁨'이라 표현했다.

참으로 그렇다. 아파트 담장 위에 넝쿨로 핀 장미만 봐도 가슴이 설렌다. 행복해진다. 어버이날 받은 카네이션 한 송이가 가슴을 뜨겁게 한다. 생일, 축일, 졸업식날, 결혼식날 꽃은 우리를 무한히 기쁘게 하고, 축하 분위기를 고조시킨다.

나는 4월의 봄을 좋아하는데, 열거했듯이 꽃들이 많이 필 뿐만 아니라 연록색의 나무들 때문이다. 녹색으로 가기 전, 연두색의 나무들은 너무나도 싱그럽다. 고속도로를 타고 가면 푸르름으로 깨어나는 4월의 산은 무한한 신비 그 자체다.

그러나 꽃도 나무도 어릴 적 텃밭에서 따먹던 어린 가지, 오이 그보다 이뿌지는 않다.


나는 농작물이 어떠한 과정을 거쳐 생산되는지 안다. 땀 흘린 노고의 결실, 비바람과 땡볕의 시련을 이겨낸 열매 그것이 노지의 농작물이다.

어린 왕자가 직접 물을 주고 벌레를 잡아준 장미를 소중히 여기듯, 우리 엄마가 직접 키운 농작물이 우리 가족의 생명줄이었기에 내 눈엔 꽃보다 나무보다 더 이뿐 것이다. 그래서 시장에 가면 마냥 행복하다. 농작물이 가득하니까.

이렇게 귀한 농작물로 만든 음식을 나는 쉬이 버리지 못한다. 식당에 가서도 여간해선 밑반찬 더 달라는 말도 안한다. 남은 것 먹으면 되니까.

음식물 쓰레기 때문에 골치라는데, 지구상엔 기아로 허덕

이는 인구가 많은데, 조금 잘살게 됐다고 우리가 이리 흥청망
청해도 되는 걸까?

　'음식 남기지 않기' 범국민적 운동을 벌일 수는 없을까?

# 시인으로

　나는 2002년 《문학저널》 신인 문학상에 당선되어 시인으로
등단했다. 우선 당선 소감을 보자.


**영광을 오롯한 기쁨으로….**

　오랫동안 타국에서만 살아온 내게 조국은 무한히 그리
운 고향이며, 따스한 어머니 품이다.

　"이거 한국산이야"라며 당당히 소개할 수 있게 해준 조
국의 힘, 그리고 축구 4강의 위력으로 더욱 고무되어 학
업에서도 탁월함을 보여주겠다며 돌진하는 내 아이들.

　아, 나도 이제 《문학저널》이란 후광을 입어 거듭나려는
가? "주여, 왜 제겐 재능은 안주시고 열정만 주시었나이
까?"라고 한탄했던 살리에르처럼 노력에는 한계가 있다
며 손 놓으려 했는데….

　이 엄청난 감동의 물결을 어찌 감당해야 할지 막막하지

만, 시인다운 시인으로서의 길을 가라는 무언의 채찍이 두렵기도 하지만, 이 영광은 오롯이 기쁨으로 안으련다. 그리고 한 방울 이슬로도 팟팟해지는 잡초처럼, 오늘 받은 감사의 빚을 평생 나누어 갚는 자세로 정진하련다. 허허벌판에 핀 들꽃마냥 어줍은 제게 자양분을 주신 심사위원님께 감사드리며, 단풍 아름다운 이 가을, 고국 하늘을 은혜로이 우러러 본다.

# 산

물소리 바람소리 새소리
만상이 숨 쉬는 소리
수직 수평으로 공명하며
수영의 마을에 전설이 핀다.

심산유곡 바위 틈새로
태고적 신비 다시 흐르고
고목 껍질 속에
움트는 생명의 속살거림

피고 지는 순례 길에
억겁의 세월을 감고 앉아
조용히 도 닦는 산

산은
말 없는 산은
위로의 발판

딛고 서면
서러움 녹아내려
강물도 되고 사랑도 된다.


## 회귀

가슴에 열꽃이 피어
둘이 손잡고 하늘을 날았지

빈 가슴 맞닿아
푸른 바다를 건너

노을진 하늘가에 불을 놓았지

씨앗도 뿌리도 흔적 없는 곳
종일토록 나뒹굴며 하품하는 모래알들과
뜨거운 열기만이 분노하는 사막

그곳을 가로질러
태동하는 널 붙안고
남국으로 돌아왔어.


## 민들레의 꿈

이 겨울 넘기지 못할
들꽃들도 웃고 있는 아침
추위는 싫다 짜증내며
매운 바람을 질타했다.

오늘처럼 부끄러운 날엔
무료함 달래는 잡초들의 두런거림이나

가늘고 긴 부리들의 집착도
삶의 큰 귀감이 되는데
솜털 첫눈에 풀 죽은 속내가
적이 쑥스럽다.

태양도 궂은비엔 몸 사리잖나
태풍도 때 되면 물러나잖나

언 땅 녹여
대지가 파랗게 눈 뜨는 날
나의 꽃도 어여삐 흔들리우리


　"정수산은 시적 대상을 살아 있게 하면서 내면의 역동성을
조화시키는 생명감의 시를 쓰고 있다.
　「산」은 화자와 대상이 교감하면서 일상적 의미 이상의 은유
적 속성을 잘 나타낸 시이다.
　정수산의 시는 비애적 상황마저 생명감에 귀속시키면서 「회
귀」와 같은 내면의 들끓음을 보여주고 있다. 대상과 '나'가 생
명적 교감으로 들뜬 밝은 색감으로 환한 정수산의 시에는 왜

어둠과 고뇌가 없을까? 앞으로 삶의 밝음과 그늘의 양면성을 수용하면서 그늘의 미답지에도 시선을 보내는 인식의 문제에 착안해야 할 것이다. 「민들레의 꿈」 역시 밝은 정서의 세계로 일관되어 있다."

　이렇게 심사평을 하고 있는데, 아픔을 승화시키려는 내면의 그늘을 왜 간과하셨을까?

# 11번 버스

흔히 말하는 B(Bus), M(Metro), W(Walk) 중에서 나는 걷기를 제일 즐긴다.

지하철을 타고 가면 흔들림이 거의 없어 좋다. 노선이 기막히게 잘 연결되어 있어 어디든 지하철만 타면 갈 수 있다. 참으로 좋은 서울이다.

버스를 타면 사계절의 기운을 느낄 수 있다.

4월 초, 여염집에 피어 있는 한 그루의 목련에서 아기를 꼭 안고 있는 엄마의 모습 같은 순결함을 느낀다.

걸어가면 11월의 늦가을 은행잎을 밟을 수 있다.

"시몬 너는 좋으냐, 낙엽 밟는 발자욱 소리가…"

이 시를 암송하며 낭만에 젖는다. 이때 늦가을 하늘을 올려다보면 무한한 신비로움 속에 빠진다. 어찌 저리 파란가? 가을 하늘이 좋아 나는 파란색을 좋아하고, 목련이 좋아 흰색을 좋아하고, 라일락 향기가 좋아 연보라색을 좋아한다.

11번 버스. 이 두 다리로 걷기 좋아하는 데는 또 다른 이

유가 있다.

8년도 넘었지만 20년 해외 생활 모든 것을 마감하고 오려니 정리할 것이 많았다. 헤어보니 해결해야 할 것이 열 가지였다.

나는 기도를 하고, 집안을 수없이 서성이며 비자 문제 때문에 고심했는데 무엇보다 마지막에 팔아야 할 자동차가 문제였다.

우리가 귀국하려는 것을 눈치 챈 기사가 차를 갖고 도망가버릴까봐 심히 겁이 났다. 이 나라는 워낙 넓고, 치안이 허술해 기사가 차를 갖고 도망가면 찾을 길이 없다. 특히 외국인을 노리는 자가 많아 내가 아는 사람 중에도 몇 사람이나 차를 잃어버렸다.

나는 기사가 그런 마음을 먹지 못하도록 선심을 썼다. 팁도 후하게 주고, 한국에 가져오지 못할 물건들도 챙겨주고, 선물도 하고.

말없이 차를 팔아 버렸더니 기사가 너무도 섭섭해 했다. 어쩌면 그럴 마음조차 먹지 않았는데, 나 혼자 고민한 기우였을 게다. 나는 그 기사를 아는 한국 사람 집에 소개시켜주고 왔다.

기사가 있어 좋긴 한데, 차를 불러 늦게 나오면 혹시 어디

로 도망간 것이 아닌가 하고 불안해하던 것을 생각하면
BMW로 교통이 다 해결되는 한국, 내 나라가 얼마나 고마운
지 모른다. 비자 때문에 애먹었던 것을 생각하면 고국에 적
을 두고 삶에 너무나 감사한다. 오늘도 감사히 씩씩한 걸음
을 내딛는다.

# 스님의 여유

누구에게 들은 이야기다.

A씨는 죽으려고 산에 올라갔다.

세상만사 덧없고 귀찮아 이 세상을 하직하려고 밧줄을 들고 산에 올라갔는데, 한 스님이 한가로이 좌선을 틀고 앉아있지 않는가.

A씨는 죽기 전에 한 말씀 여쭤봐야겠다 싶어

"스님, 실은 제가 죽으려고 산에 올라왔는데 죽기 전에 한 말씀 듣고 싶습니다. 부탁합니다."

스님은 또박또박 이렇게 대답했다.

"심·조·불·산·호·보·연·자."

A씨는 되뇌어 본다.

"심·조·불·산…."

아무리 생각해도 그 뜻을 모르겠다.

그는 오기가 생겼다.

'죽더라도 이 뜻을 안 연후에 죽으리라.'

그리고 살던 마을로 돌아가 사람들에게 여쭈었으나 그 뜻을 아는 사람이 아무도 없었다.

그러는 사이 그는 죽으려던 마음이 사그라져 삶의 끈을 붙잡고 열심히 살게 되었다고 한다.

20여 년 뒤, 이제 웬만큼 살게 되었다. 자식들도 장성하여 잘 살고 있고, 경제적으로도 안정을 이루어 남부럽지 않게 살게 된 것이다.

그는 문득 옛날 생각이 났다. 스님 생각이 떠오르고, 알 수 없었던 그 뜻도 궁금해졌다.

'그 산에 가보자.'

그는 20여 년 전의 그 산에 가 스님이 앉았던 자리에 앉아 본다. 그리고 주위를 둘러보니 낡은 간판이 보인다.

"산불조심 자연보호"

# 도둑 이야기

20여 년 전 동남아에 살 때 있었던 일인데, 그때 그 나라에 선 도둑이 빈번히 들었다.

우리 가족이 5년 동안 살았던 그 집 구조를 설명하면, 대문을 열면 차 한 대 주차할 공간이 있고, 왼쪽으로 도우미 방으로 가는 통로가 있다. 오른쪽엔 작은 정원이 있는데, 큰 나무 한 그루가 있었다. 이 나무에 우리 애가 올라가곤 했었다.

현관문을 열고 들어서면 탁구대를 놓을 정도로 넓은 거실 오른편에 작은 연못이 있어 우리 애들이 물고기를 기르며 좋아라 했다.

안쪽에 욕실 딸린 큰 방이 있고, 맞은편에 널따란 부엌이 있으며, 왼편엔 방 두 개가 있는데 그 사이에 욕실이 있다.

이 집에서 5년 사는 동안 다섯 번의 도둑을 맞았는데, 다리미 골프 옷가방을 잃어버렸고, 비디오 기기도 도우미가 멀쩡히 내주는 바람에 잃어버렸다. 주인아저씨가 고쳐야 한다며 심부름을 보냈다 하니 내줄 수밖에.

외출하고 돌아오니 비디오가 없어진 것이다.


하루는 잠이 안 와 설치고 있는데, 뒤쪽 부엌문에 열쇠를 맞추는 소리가 들렸다. 열쇠 꾸러미를 들고 계속 맞춰 보는 모양이다.

이 나라는 우기에 비가 잦아서인지 채광을 좋게 하기 위해 방 옆에 공간을 만들어 놓는데, 이웃집 담을 넘어오면 통하게 되어 있다. 아마 그리로 넘어온 듯.

일단, 거실로 들어오는 걸 막아야겠다 싶어 화장실에 가는 척 문소리를 좀 세게 냈다. 그랬더니 한동안 조용하더니 20여 분쯤 뒤에 또 계속한다. 남편을 깨울까 하다가 부엌문을 열고 놈과 맞닥뜨리면 흉기로 위협할 수도 있을 것 같아 깨우지 않고, 다시 한 번 문을 여닫았다.

놈과 나의 줄다리기—.

나중에는 부엌으로 가 물을 마시고 오는 척 문소리, 사람 인기척 소리를 내는 사이 어느 덧 새벽, 이 나라 기도 소리가 마이크를 타고 잠을 깨운다. 이때면 부지런한 사람들은 일어나 기도를 하거나 집안일을 한다.

놈은 가버렸다.

이렇게 그날은 넘어갔는데, 어느 날 도우미 아이가 시골에서 친구가 왔는데 자고 가도 되냐기에 그러라고 했다. 아마 밤이 깊도록 이야기하고 논 모양, 도우미 아이가 "뇨냐, 뇨냐." 하고 부르는 게 아닌가. '사모님, 사모님.'하고 부른 것이다.

그날은 깊이 잠들었는데 깨기 아까웠지만 일어나 보니 도둑이 들었다는 것이다. 자동차 있는 데서 소리가 났다기에 남편을 깨웠다. 거실에 불을 켜고 남편은 골프채를 집어 들더니 현관 밖으로 뛰어나갔다.

도둑은 어느 새 도망가고 없다. 차 안의 오디오를 떼어가려고 했는지 차창이 깨져 있다.

주위 사람들에게 들은 이야기는 더 많다. 그중에 한국 엄마들끼리 거실에서 담소를 나누고 있었는데 나중에 안방에 들어가 보니 골프채가 없어졌다는 이야기, 강도가 들어 둔기로 얻어맞았다는 이야기, 기사가 차를 갖고 도망가 버렸다는 이야기는 간담을 서늘하게 했다.

후에 아파트가 지어지자 모두들 이사를 갔다.

# 애완견(Japanese spitz)과의 5개월

## 사랑이

사랑이가 우리 집에 온 지 두 달 반, 생후 4개월이 좀 지났다.

나는 개를 좋아하지 않았다. 그런데 애들이 사와 안기는 바람에 어쩔 수 없이 키우게 되었는데, 그간 정이 들어버렸다.

처음 왔을 땐 두 달도 되지 않은 애기였는데, 첫걸음을 떼는 듯 비틀거리며 한 걸음, 한 걸음을 내디뎠다. 마룻바닥이 미끄러운지 넘어지고 쓰러지면서 몇 걸음마를 했으니 어찌 가긍한 마음이 들지 않았을까?

그 후 거의 한 달간을 내 품에 안겨 새근새근 잠을 잤다. 포근히 안겼을 때의 온기가 내 온몸을 감싸고 돌아 무한한 애정이 샘솟게 했다. 하루에도 몇 번씩 쓰다듬고 안아주며 혼잣말로 애정의 말을 쏟아냈다.

"사랑아, 니가 우리 집과 인연을 맺었으니 아프지 말고 잘 커라. 사랑이라 이름 지었으니 너로 하여 우리 집에 사랑이 넘치게 해다오."

지금도 하루에 한두 번쯤 안고 중얼거린다.

"사랑이는 이뿐 사랑이지? 착한 사랑이지? 사랑 사랑 이뿐 사랑, 복을 주는 사랑이라…."

좀 컸다고 이제 말썽도 부리고 재롱도 피우는데, 식탁에 앉아 글을 쓰면 내 바짓가랑이를 물고 드러누워서 뒹굴며 논다, 집에서 입는 옷이니 좀 헤지면 어떠랴 싶어 그냥 놔둔다.

그러나 허용할 것은 허용하고, 제재할 것은 제재해야 한다.

걸어가면 뒤에서 바짓가랑이를 물며 끈질기게 따라오는데, 못하게 해도 소용이 없다. 야단을 치면 그때뿐.

얼마 전 사료를 사러 애견 상점에 들렀는데, 큰소리로 야단치지 말란다. 그러면 점점 더 크게 야단을 쳐야 한다니 옳다는 생각이 들어 그날부터 나긋한 목소리로 "물지 마. 물면 안 돼."라며 앞서 걸으라는 손짓을 하니 어느 정도는 그렇게 한다.

생후 7개월까지 고치지 못하면 정말 어렵다니, 그 전에 귀찮은 습성은 다 고쳐야겠다.

물지 못하게 제재를 해도 여전히 문다. 걸을 때 바짓가랑이 무는 것은 어느 정도 고쳐졌으나 옷 갈아입을 때, 부엌 일 할 때는 아직도 틈만 나면 문다. 내가 기도할 때 손 무는 것도 못하도록 타이르고 있다. 큰 방석에 무릎을 꿇고 앉으면 저도 내 양 무릎 가운데 와서 앉는다. 한참 묵상을 하다 보면 얌전해져 어느 새 순한 양이 되어 있다. 따뜻한 체온이 전해져 오면 애정이 샘솟는다.

'그래, 식솔이다. 내가 책임져야 할 내 집 식구. 길들여 보자. 밥 먹을 때 자꾸 달라는 버릇만 고치면 고마운 사랑이다. 사랑이로 하여 우리 집에 사랑이 넘치게 해보자.'

오뉴월에 늘어진 개 팔자라 했던가.

사랑이가 지금 그 자세.

점심 먹고 눈 껌벅이며 졸고 있더니 어느 새 늘어져 오수에 빠졌다. 꿈을 꾸는지 가끔 이상한 소리를 내기도 한다. 옆으로, 때론 뒤집어서 자기도 하는데, 아직 애기여서 그런지 정말 귀엽다. 사랑스러워 입가에 미소가 돈다.


## 사랑이의 외출

예방 접종할 땐 외출용 가방에 넣어 승용차로 오갔기에, 실제로 산책나간 건 보름 전, 그러니까 생후 4개월쯤이었다.

병원에 갈 때도 너무 긴장하며 가방 밖으로 얼굴만 쏙 내밀고 까만 눈망울로 멀뚱멀뚱 쳐다보더니 외출을 나오니 그때와 비슷하다. 품에 쏙 안겨 잔뜩 긴장하고 있다. 아니, 떨고 있다. 스피츠가 겁이 많다더니 정말 그렇다. 잠시 내려놓았더니 부들부들 떠는 모습이 마치 나뭇잎이 바람에 흔들리는 듯하다. 안되겠다 싶어 다시 안고 걷다 꽃에 코를 갖다 대주며 향기를 맡게 해 주니 코를 킁킁거린다.

'개코'라 하지 않는가, 역시!

분위기 전환을 해 주니 긴장을 살짝 푼다.

"사랑아, 냄새 좋지? 꽃향기야." 하며 쓰다듬어 준다.

살짝 들어 올리며 바람결을 느끼게 해 주면서 "사랑아, 시원하지? 밖에 나오니 좋지? 너도 햇볕을 좀 쪼여야지. 사람도 하루 20분쯤 햇볕을 봐야 좋다는데 너도 그러는 게 좋을 거야."라고 말해 주니 고개를 갸웃갸웃 한다.

이렇게 첫 외출을 하고, 그 후 몇 번 놀이터에 데리고 가서 목마도 태워줬더니 이제 제법 익숙해졌다. 둥근 테이블 나무 의자에 내려놓으니 걸음마도 해보는 게, 어쭈!

오늘은 놀이터에서 노는 애들이 다가와 반색을 하니, 저도 좋은지 가만히 쳐다본다. 처음엔 만지려고 하면 내 가슴에 얼굴을 파묻고 오그라들더니, 역시 점진적 훈련은 효과 만점.


## 반가움

1박 여행을 다녀왔더니 너무 좋아 소리치고 난리 났다. 너무나 기다렸다는, 보고 싶었다는, 걱정했다는 마음을 온몸으로 표현한다. 꼬리 치며 달라붙어 물고 핥고 하기에 한참 받아주다 보니 오줌을 지려 여기저기 흔적이 있다. 정말 반가우면 오줌을 지린다더니 진짜다.

외출했다 귀가해도 이렇게 반겨주니 어여쁠 수밖에.


## 길들이기 1

방석을 자꾸 물어뜯기에 애들 갖고 놀던 장난감을 여러 개 꺼내 주었다. 그중 큰 것엔 별 관심이 없고, 꼬리 달린 쥐 모양의 꼬마 헝겊 인형을 곧잘 갖고 논다. 그러다가도 그 인형은 본체만체 또 물어뜯는다. 그럴 땐 잠시 같이 놀아주거나 안아주거나 한다. 그것도 한계가 있어 내려놓으면 어느 새 내 슬리퍼를 물어뜯고 있다. 에라, 슬리퍼도 낡았겠다, 너 노리개 해라 싶어 그냥 두었더니 심심할 땐 신발을 물고 끌고 다니며 논다. 어떨 땐 무언가에 화풀이라도 하듯 응응대며 신발을 물어뜯는다.

'아, 동물 본능이다. 애완견도 개인 게야. 그 본능을 잘 다스려야 해. 너무 오냐 오냐 하면 기고만장해져 나중엔 주체할 수 없을 거야. 잘 길들여야 해.'

정수산의 시가 있는 산문

이렇게 생각하고 길들이기에 들어갔다.

먼저 한 것이 대소변 가리는 것.

처음 왔을 때부터 신문지에 대소변을 싸게 했는데, 인식시키는 데 한 달쯤 걸렸다. 자리를 정해 놓고 자고 일어나면 데려다 주니 쉬는 했다. 냄새가 밴 것을 그대로 두었더니 차츰 찾아가서 대변도 했다. 신문지에 잘 조준하면 이쁘다고 많이 칭찬해 주었다. 그렇게 잘 하는 듯하다가도 간혹 엉뚱한 데 지르는 건 어쩔 수 없다.

"왜 여기다 싸. 여기 싸면 맴매 한다. 사랑이 맴매." 하면 비질비질 도망을 간다. 저도 아는 듯 싶다.

날씨가 따뜻해져 베란다로 자리를 옮겼는데도 거의 거기 가서 일을 본다. 그러다가도 한 번씩 엉뚱한 데 싸는 건 일종의 심술이지 싶다.

때리거나 심하게 야단치면 100% 훈련이 될지는 모르겠으나 이쯤으로 만족하기로 했다.

'소파 밑, 침대 밑에 싸는 것 고친 것만도 다행이지 뭐.'

처음 한 달 정도까지는 소파 밑, 침대 밑에서 마른 똥이 나왔다.

신문지 갈아 주는 것도 여간 일이 아니다. 애정이 없으면 할 수 없는 일이다. 재활용 종이로 버릴 수도 없으니, 제일 작은 일반 쓰레기봉투에 넣어 냄새 안 나게 자주 자주 버리는 수밖에.


## 이쁜 짓

　사랑이의 이쁜 짓 중의 하나는 고물고물 노는 모습이다. 식사 땐 저도 달라고 애걸복걸 난리를 치는데, 독서를 하거나 글을 쓰느라 식탁에 앉아 있으면 아주 조용해진다. 혼자 여기저기 기웃거리며 관심을 갖다가 내 발목을 붙들고 한참 논다. 그러다 이내 자기 자리로 돌아가 인형들을 갖고 놀다 그래도 지치면 졸기도 하고, 때론 눈을 껌뻑거리며 내 눈치를 본다. 그래도 일어나지 않으면 내 발밑에서 인형을 노리개 삼아 한참을 놀다가 그 자리에 엎디어 끝나기를 기다린다.

　할 일을 마치고 일어나면서 이뿌다고 안아주고 칭찬해준다.

　"사랑이 혼자 잘 놀았어. 정말 착해. 우리 예쁜 사랑이."

　저 예뻐해 달라고 애교 떨 때도 정말 귀엽다. 아예 드러누워 뒹군다. 그러면 여기저기 만져주며 예뻐해 준다. 같이 장난치며 놀기도 한다. 번쩍 들어 쪽쪽쪽 해 주면 눈알을 굴려가며 까만 눈동자로 날 유심히 바라본다.

　이렇게 눈을 맞추며 사랑해 주는 것만으로도 나 자신이 넉

　　　　　　　　　　　　정수산의 시가 있는 산문

넉해지는 것 같다. 순화되는 것 같다. 그래서 강아지를 키우는 것이리라. 이것이 바로 주는 것의 기쁨 아니겠는가.

'먹을 것 챙겨주고 애정을 쏟으면서 스스로가 행복감을 느끼고, 네 이쁜 짓이 내게 기쁨이 되고 위로가 된다면 어찌 내가 네 좋은 보호자가 되지 않을 수 있겠니? 고맙다, 사랑아. 내게 와 줘서.'


## 털갈이

생후 3개월쯤부터 입 주위에 털이 없어지면서 얼굴 모양새가 이상해졌다. 차츰 코, 눈 주위까지 털이 없어지고 겉늙어 보이면서 미워졌는데, 그러고 두 달 지난 지금은 눈 주위까지 새털이 나면서 애기 티를 벗고, 해맑은 어린이처럼 많이 예뻐졌다.

지금은 온몸의 털이 덤성덤성 빠지면서 전체적으로 털이 줄었고, 온 집안에 털이 날린다. 어린아이가 있는 집은 털이 긴 강아지는 키우지 않는 게 좋을 듯싶다. 완전히 털갈이를 하고 나면 매우 귀족스러워진다는데 기대해본다.

## 주의할 점

개를 키우면서 가장 유의할 것은 쓰레기통.

쓰레기통을 뒤져 아무거나 먹기도 해 병원에 실려가 개복수술을 하여 꺼내기도 한다니!

일반 쓰레기통은 아예 세탁실로 옮겨버렸다.

씹다 버린 껌이라도 먹을 경우 목에 걸려 죽을 수도 있단다. 떡도 주면 안 된다고 한다. 쫀득한 것이 목에 달라붙어역시 급사할 수 있기에.

이유는 모르겠으나 초콜릿도 주지 말라 하고, 생선뼈, 닭뼈도 금식 품목.

사료 외에는 주지 말라지만 잡식 동물인데 어떠랴 싶어 사과 껍질을 잘게 부수어 주었더니 잘 먹고 대변도 이상 없다. 바나나 껍질 속살도 긁어주었더니 그도 괜찮았다.


## 길들이기 2

스피츠의 특성인지는 모르겠으나 아무거나 물어뜯는 건 참문제다. 빨래 바구니도 물어뜯어 꼴사납게 만들어 놨다. 외출용 바짓가랑이를 물어뜯으려 해 다른 방에 이동시켜 놓고옷을 갈아입어야 하는 번거로움이 있다.

인형이나 헌 슬리퍼를 줘도 내팽개치고, 집안의 모든 물건에 관심을 갖고 물어뜯기에 수시로 물어뜯을 거리를 바꿔 준다. 종이박스, 플라스틱병, 우유팩 등.

싫증내면 숨겨 놨다 주면 곧잘 갖고 논다.

결국 늘 관심을 갖고 무엇을 원하는지 그 욕구를 채워주며 키우는 수밖에 없다.

강아지를 키우려면 배변 가리기와 식습관 들이기가 제일 중요하다는데, 식습관을 잘못 들여 고민이다.

하도 애처로이 애원을 해 간식거리가 없을 땐 과일이나 고구마 등 나 먹는 것을 주었더니 더 달라고, 더 달라고 내게 달라붙어 간청하고, 두 발로 무르팍까지 긁어댄다. 급기야 식사를 할 수도 없을 지경이 되고, 무엇을 차분히 먹을 수가 없다.

충고대로 오늘부터 아주 냉정해지려 한다. 우리 밥 먹을 때 저도 밥 주고는 아무리 애원해도 더 주지 말 것. 그리고 우리가 다 먹고 일어서면서 조금 더 줄 것.

냉정해지자. 너와 내가 더 다정히 살기 위해.

더 달라고 해도 눈길도 안 주고, 다 먹고 나서 "잘 참았네. 밥 더 줄게." 하기를 2주일, 그새 이 습성이 고쳐졌다. 이제 포기하고 기다린다. 개는 서열을 중시한다더니 맞는 것 같다. 저 먼저가 아니라 주인 먼저를 인지하게 된 것이다.

# 동요 불러주기

애완견이 일반 개와 다르다고는 해도 그들끼리 어울려 놀고 부대끼는 게 가장 좋을 것이다. 이러한 환경 조성을 못해 주니 같이 놀아 주는 수밖에 없다.

외출했다 돌아오면 혼자 잘 놀았다며 칭찬해 주고, 안아 주고 간식도 준다. 그리고 저도 나도 무료할 땐 동요를 불러 준다.

동서고금을 통하여 명작, 명곡, 명화가 있듯 동요도 마찬가지.

어려서 즐겨 부르던 '작은 별'이 입가에 흐른다.

"반짝 반짝 작은 별 아름답게 비치네~"

"딸랑 딸랑 딸랑 바둑이 방울 잘도 울린다. 학교 길에 마중 나와서 반갑다고 꼬리 치며 따라온다~"

"아침 바다 갈매기는 금빛을 싣고, 고기잡이 배들은 노래를 싣고 희망에 찬 아침 바다 노 저어 가요, 희망에 찬 아침 바다 노 저어 가요."

이렇게 동요를 불러 주면 고개를 옆으로 갸웃갸웃거린다.

갈매기 등에 실린 아침 햇살과 함께 나의 소망도 날갯짓을 한다.

# 꼬리잡기

강아지 하면 먼저 연상되는 것이 꼬리 흔드는 모양이다. 반갑다는 표시로 꼬리부터 흔들고, 그리고 핥고, 엉겨 붙고, 안기는 친근감의 표현은 직접적이고 솔직하다.

"사랑아, 맘마 먹자." 하면 벌써 밥그릇 쪽으로 뛰어가며 꼬리를 유연하게 흔들어댄다. 사랑이의 꼬리는 약 20센티미터 정도인데. 때때로 제 꼬리를 잡으려 빙빙 돈다. 간혹 살짝 입에 물리기도 하는데, 빙글빙글 돌며 노는 모양이 우습다. 보고 있노라면 입가에 미소가 사르르 돈다.

한바탕 뛰어 놀다 지치면 드러누워서 네 발을 꼼지락대며 혼자 노는 모습이 정말 앙증맞다. 이불을 깔아 일종의 놀이터를 만들어 주었는데, 이불을 뒤집어쓰고는 꿈틀대며 빠져나오려고 안간힘을 쓰는데, 우습기도 하고 귀엽기도 하다.

뭐니뭐니해도 제일 귀여운 모습은 쌔근쌔근 낮잠 자는 모습. 애기 때는 내 팔에 안기어 자더니 이젠 어림도 없다. 혼자 아무 데서나 잘 잔다.

추울 땐 박스 한쪽을 터서 밑에 이불을 깔고 신문지로 지붕을 만들어 주기도 했는데, 지금은 더운지 바닥에서 잔다. 밤에 잘 땐 불을 끄고 "사랑아, 잘 자." 하며 가만히 놓아주면 그러려니 하고 잔다. 귀여운 사랑이.

## 목욕시키기

처음부터 목욕을 시키면 좋아했다. 물이 따끈할 정도로 온도 조절을 한 다음 애완견 샴푸로 골고루 씻겨 헹궈 주면 매우 시원해한다. 추울 땐 전용 수건으로 닦은 다음 드라이어로 건조시켜 주었는데, 지금은 저 혼자 후루루 털고 나면 물기가 다 흩어져 간다. 수건으로 한 번 닦아 주면 끝.

목욕 후엔 면봉으로 귓속도 후벼 준다. 간간이 발톱도 깎아 줘야 하니 애완견 키우는 게 보통 일이 아니다.

개를 좋아하지 않았던 내가, 절대 개를 키우지 않겠다던 내가 사랑이와 더불어 살고 있는 것이 경이롭다.

세상 이치가 '절대 안 돼.'는 없는 걸까? 상황의 변화에 순응하며 살기 마련인 모양이다.


## 익숙해지기

서로에게 익숙해졌다는 것은 묵인할 것은 묵인하고, 개선할 것은 해서 서로 적응하고 있다는 것일 게다. 사랑이도 내게 많이 순응하고 있다. 내가 싫어하는 것, 못하게 하는 것을 어느 정도 받아들이고 있음이 그것을 말해 준다.

식습관은 확실히 고쳐졌다.

배변 습관은 내가 양보했다. 하루 두어 번은 엉뚱한 데 싸는데, 용인할 수밖에 없는 것 같다.

또 한 가지. 소파에 앉았을 때 다리를 물고 엉겨붙어 할퀴는 습관도 거의 고쳐졌다.

처음엔, 야단을 쳤더니 강렬히 저항하며 으르렁댔다. 다음엔, 청소기를 겁내기에 거기에 착안해 스티커 도르레로 밀면서 겁을 주었더니 도망가면서도 저항하는 자세였다. 그래서 도르레로 겁을 주고는 "안 돼."라고 말하면서 손을 내저었더니 슬며시 물러나는 것이었다. 이젠 익히 안다. 겁주지 않아도 "안 돼."라고 말하며 손을 내저으면 으레 안 되는 줄 알고 다른 데 가서 논다. 잠시 후 내 눈치를 살피며 다시 찝쩍거려 본다. 똑같이 말하면 또 물러난다. 그러면 칭찬을 해 주며 "옳지. 가서 놀아."라고 다정히 말해준다.

지금까지 고치지 못하는 악습 하나, 바짓가랑이 무는 것이 남았는데, 이도 용인하며 사랑이와 더불어 산다.


## 그리운 사랑이

어쩔 수 없는 사정으로 사랑이가 시골로 갔다. 때로 많이 보고 싶고 그립다. 애기 때 모습이, 의젓한 뒷모습이, 영특한 눈매가 눈에 선하다.

사랑이를 키우기 전엔 개를 무서워했고, 별로 좋아하지 않아 개에 관심이 없었다. 그러나 지금은 길을 가다 큰 개를 보면 "짜식, 듬직하게 생겼군. 잘생겼는데…."작은 개를 보면 "아유, 귀여워…" 하며 뒤돌아 본다. 종종거리며 걷는 모습이 사랑이를 연상시킨다. 사랑아, 어디서든 잘 지내!

# 시중에 떠도는 재담 모음

'9988234'라는 말은 오래 전부터 공공연히 오가고 있다.

"아흔아홉까지 팔팔하게 살다가 이삼일 앓고 죽는다."

예전엔 일흔을 살면 천수를 다했다 여겼는데, 30여 년이 연장된 셈이다.

30년, 짧지 않은 세월이다. 이 세월을 어떻게 의미 있게 보낼 것인가? 노후 자금은 넉넉한가?

나 개인적 소망으론 여든 살 정도까지만 살았으면 좋겠다. 하지만 목숨이 어디 마음대로 되는 일인가! 주어진 대로 살아내야 하는 것이 목숨줄이다. 무엇보다 건강하게 사는 것이 행복이다. 행복하게 살려면 많이 웃으라 한다.

그래서 건강수칙으로 이런 말도 생겨났다.

월요일: 월(원)래 웃는 날

화요일: 화사하게 웃는 날

수요일: 수수하게 웃는 날

목요일: 목숨 걸고 웃는 날

금요일: 금방 웃고 또 웃는 날

토요일: 토실토실 웃는 날

일요일: 일없이 웃는 날


가능하면 웃으며 살 일이다.

웃으면 엔돌핀이 상승한다고 하니 돈 들이지 않고 보약 먹는 격이다.

자식들이 성장하여 혼인을 시키는 50~60대 부모들은 의자를 물려주고 한 걸음 물러서야 하는 때인 것 같다. 계절로 치면 단풍 드는 가을이라고나 할까?

멀리서 보는 만산홍엽의 가을산은 아름다움의 절정일 수 있다. 그러나 가까이서 보면 만개한 꽃처럼 아름답지 않으며, 늘푸른 나무처럼 싱그럽지도 않다. 한마디로 한 발 뒤로 물러나서 삶을 관조하며 후대를 지원해 주며 살아야 하는 때인 것이다.


누가 발원한 것인지는 모르겠으나 시중에 이런 말이 떠돈다.

## 50~60대의 10계명

일. 일일이 간섭하지 말 것

이. 이말 저말 옮기지 말 것

삼. 삼삼오오 다닐 것

사. 사생결단 말 것

오. 오기 부리지 말 것

육. 육체적 노동을 많이 할 것

칠. 칠십 프로(70%)에 만족할 것

팔. 팔자 고치지 말 것

구. 구구절절 변명하지 말 것

십. 십일조(10%의 자선)를 하며 살 것


한국 사람들은 참 현명한 것 같다.

스스로의 위치를 잘 파악하여 살고자 하는 의지의 표상이 아닌가!

그래서인지 요즘엔 또 이런 말이 유행하고 있다.

"재수 없으면 백 살까지 산다."

# 주님께서 거하지 아니하시는 교회는 없다

나는 예전에 '교회는 왜 저리 난립해 있는가?'라고 생각한 적이 있다. 그러나 3년 반 동안의 환란 중에, 살이 타고 피가 마르는 고통 중에, 아파트 우리 집에서 내려다보이는 교회 불빛만이 유일한 희망이었던 때, 소등하고 밤새 악한들과 대치하며 동태를 파악하는데, 도심의 모든 가로등 불빛이 십자가로 보이는 것이었다. 거실에서 하나, 뒤쪽에서 셋, 이 교회 불빛이 유일한 나의 위로였다.

'기적이 없는 한 내가 살 길은 없다.'

이 기적을 이루어 달라고 간절히 기도하며 나는 이런 글들을 썼다.

아, 비애-슬픈 날들이여
이리 못난 나인 줄 몰랐네

정수산의 시가 있는 산문

통고와 통회로 전소되어
이 땅의 거름되게 하소서
내 머리 속에 성경 말씀 가득하고
내 눈에 십자가 빛나 보일 때
새로이 되어
새 삶 일구어 가게 하소서


　확실하게, 한 치의 오차도 없이 행해야 할 일이 있다. 그러나 생활 속 작은 실수는 관대히 대함이 옳다.

　반듯하고 선한 사람일수록 작은 잘못을 가슴에 안고 스스로를 질책하기 쉽다.

　아름다운 사람아, 스스로를 용서하라.


　악인들은 가슴이 쇳덩이인 듯 악행을 일삼고도 뉘우침이 없고, 책임을 남에게 전가하며, 만행도 스스럼없이 정당화시킨다.

　미운 사람아, 양심 앞에서 용서를 빌어라. 그리고 참회하여 다시는 죄짓지 말라.

# 누님

눈물 거두고 파아란 하늘을 올려다보아요.
그리 곱던 눈매 세파에 짓물러 버렸나요?
제발 눈시울 닦고 쭉쭉 뻗은 푸른 나무들도 좀 보시어요.
빛바랜 사진첩보다 더 힘없이 뭘 그리 생각하시나요.
그냥이라도 하하 웃어보아요.
들판의 연둣빛 벼들을 보며 해맑게 웃어보아요.

세상은 웃고 나는 울어도
너는 웃고 나는 울어도
누님, 이제 그만 눈물을 거두어요.

천국 가면 천사처럼 웃기 위해
이 땅에서 눈물 다 뽑고 가려구요.
그만 좀 우시어요, 제발


3년 반 동안 나는 시골 부모님 댁에 네 번을 다녀왔다.
마늘도 까고, 콩, 깨, 고추 등을 햇볕에 잘 마르게 뒤적이
고, 해가 지면 자루에 담아 창고에 옮겨 놓는 일도 도왔다.

마을에서 10분쯤 걸어가면 바다가 있는데, 개펄에 둑을 쌓아 갯논을 만들었다. 이 둑길을 걸으면 밀물 때엔 오른쪽에 바닷물이 출렁거리고, 왼쪽엔 갈대숲이 무성하다.

11월 말, 늦가을 햇살 아래 엄마 옆에 앉아 굴 까는 일을 돕다 허리가 아프면 이 둑길을 걸으며 나는 소원을 빌고 또 빌었다. 갈대들이 천 개, 만 개의 기도 손 되어 나를 위해 기도해 줄 때, 나라는 존재는 재도 남지 않은 무(無), 0(zero)이 되어버렸다.

벼랑 끝에 서 있던 나는 우리 집에서 제일 가까운 교회에 가서 편지를 펴놓고 문제를 해결해 달라며 절실히 애원했다.

기도는 이루어졌고, 그때 언약했던 약속을 나는 지켰다.

이렇게 단 한 사람이라도 주님께 아픔을 호소하고 위로를 받았다면 설사 목자가 좀 이상하고, 신도 중에 영 아닌 사람이 있다 해도 주님께서 그 교회에 임하신다고 나는 믿는다. 주님께서는 우주 속에 계시고, 진실로 기도하는 곳에 성령을 보내주신다.

그러므로 모든 교회에는 주님께서 거하신다고 나는 생각한다.

# 절제

인간에겐 재물욕, 색욕, 명예욕, 음식욕, 수면욕의 다섯 가지 욕심이 있다고 한다.

재물에 대한 욕심은 동서고금을 막론하고 평화의 걸림돌이었으며, 현대에 이르러선 더더욱 황금만능주의 세상으로 색칠되어 버렸다.

지혜의 왕 솔로몬도 색정에 빠져 패망에 이르고, 먹거리가 넘쳐나는 세상에선 음식을 절제하지 못하고 탐식하여 몸을 망가뜨린다. 또한 권력 앞에 암투는 늘 수사자처럼 웅크리고 있으며, 잠도 너무 자면 오히려 해롭다고 하니 이 욕심을 절제하지 않으면 궁극적으로 스스로를 올가미에 몰고 가는 격일 것이다.

이 중 가장 중요하며 필요불가결한 것이 재물욕인데, 항시 우리 곁에 있으면서 유혹의 손길을 내민다.

젊어서 한때 나는 가구 장만에 열을 올렸고, 좋은 그릇을 보면 탐났고, 보석에도 눈이 갔다.

그런데 최근 들어서는 욕심이 없어졌다. 집에 모든 것이 구비되어 있다고 여겨지기 때문이다. 더 이상의 재물은 거추장스러울 뿐이므로 거저 자족하고, 절약하며 사는 수밖에 없는 처지라 절약하는 방법을 터득했다.

첫째, 필요 없는 것 사지 않기

꼭 필요한 것 외에는 사지 않기로 다짐하고부터 이는 잘 지키고 있는데, 문제는 옷의 유혹이다. 유행이 바뀌기 때문에 사계절 옷을 갖추려면 꽤 많은 지출이 필요하다. 멀쩡한 옷을 버리기는 아까워 나는 살짝살짝 잘 매치해 입으려고 애쓴다. 무엇보다 체중조절에 신경을 쓴다. 살이 찌면 옷을 다 갈아야 하니.

둘째, 음식물 적채하지 않기

냉동, 냉장고에 음식이 꽉 차 있으면 답답하고, 찾기도 힘들고, 전기세도 많이 나온다.

너무 오래되어 버리는 일이 없도록 냉동고에 사재기를 하지 말아야 한다. 코앞이 시장이고 마트인데 쌓아두고 먹을 이유가 없는 것이다.

냉장실의 반찬들도 잘 챙겨 상하여 버리는 일이 없게 해야 함은 물론 야채들도 잘 썩는 것(부추, 상치 등)부터 해먹도록 노력한다.

제일 중요한 건 한꺼번에 너무 많이 사지 않는 것이다.

셋째, 좀 귀찮기는 해도 마트에 따라 가격 차이가 있으므로 미리 가격을 봐 두었다가 비교해서 사는 것이다.

그런데 고추장, 된장 등은 0.8킬로그램, 1.2킬로그램, 이런 식으로 내놔 가격을 비교할 수가 없었다. 다 유명 상표인데, 국민 건강을 책임지는 필수 식품인데, 가격 경쟁은 할지언정 내용물 속이기는 안했으면 좋겠다.

나 어렸을 적엔 물자가 무척 귀했기에 뭐든지 아껴 썼다. 그 습관대로 지금도 종이 한 장, 티슈 한 장도 아껴 쓴다.

1970년대 들어 우리나라가 경제 성장을 한 이후 태어난 세대는 물자가 얼마나 귀한지 모른다. 주위 사람들이 잘 먹고 잘 쓰고 사니 상대적으로 너도 나도 헤프게 쓰고 사는 것이 습관화되어 버렸는지 모른다.

습관이, 관습이 얼마나 무서운 것인가.

우리 어른들은 고민해야 할 것이다. 어떻게 절제하고, 절약하며 살도록 가르칠 것인가를.

# 성모님께 드리는 글

비교적 쉽게 써지는 글이 있는 반면, 힘들게 쓰는 글도 있다. 이 글을 쓰면서 나는 며칠 동안 잠도 설치고, 잘 먹지도 못했던 기억이 있다. 1998년, 성당에서 성모님의 밤 행사 때 직접 낭송했던 글이다.


은총을 가득히 입으신 마리아
천상의 모후여
이 밤 우리와 함께 하시어
찬미 노래 들으소서

주님의 부름에 순명으로 응답하신 그때부터
당신은 스스로 고통의 산실이 되시어
사람으로 오신 단독자의 길을 묵묵히 따랐습니다

십자가의 통고를 안으시고도
그 가슴에 자애의 꽃밭을 일구신 어머니
세상살이에 찌든 우리네 마음밭에도
어머니를 닮아가는 원초적 씨앗을 뿌리시어
자긍심을 갖게 하옵소서

죄의 허물을 쓴 온갖 엽기도
양심을 거스른 그 어떤 분심의 파편도
서서히 녹이시는
까맣게 재로 태워
오히려 석화의 광채로 빛나게 하는
성모님의 눈
형광색 설화로 반짝이는 성모님의 눈
성모님, 그 눈매의 성심으로
번뇌로 난무하는 이 생각의 틀을
오늘 밤 하얗게 비워주옵소서

고국을 떠나 부초 같은 인생행로의 유람선상에 있는
우리들에게 당신은
낳아주고 길러주신 어머니 품입니다
파고들수록 포근하고 보드라운 어릴 적 어머니 가슴입니다

삶의 걸림돌에 넘어져 외로움의 장성이 덮쳐올 때
당신의 이름을 부르면
소스라치게 외롭던 육신의 요체가
기쁨의 언덕을 타고 오르는 것을 보면

고통의 화살에 맞아 서러워질 때
묵주의 기도를 드리면
땅으로 꺼져들던 영혼의 가지가
기지개를 켜며 뻗어 오르는 것을 보면
아, 당신은
높고 깊고 원대한 이름의 어머니
삼위일체의 성전이시며, 성령의 우물이신
복되신 마리아

예수님을 잉태하신 순간부터
인고의 세월을 엮어 삼아
점철된 가시밭길을 밟아오시고도
지고의 선을 이루어 승천하신
천상의 모후여

장미 향기 그윽한 이 오월에

촛불 밝혀 드높이 현양되신 이 좋은 밤에
우리를 축복하여 주소서
성 요셉 성인과 더불어 온전한 가정을 이루신 모범을 따라
우리도 성가정되게 도와주소서
은총이 가득하신 마리아여, 우리를 위하여 빌어주소서

# 우리들의 신앙 이야기

내가 가톨릭 신자였을 때, 성당 주보의 '우리들의 신앙 이야기'란에 글을 게재한 일이 있다.

### 묵주 기도의 신비 – 주님, 감사합니다

지난 주일(4월 25일), 드디어 남편이 세례를 받고 우리 부부는 새롭게 태어나 그렇게도 희구하던 성가정의 모습을 갖추게 되었습니다.

주님의 신묘한 인도하심에 이끌려 교리 받는 내내 은총의 삼매경에 들었던 경위를 적어 봅니다.

저녁 식사를 하고 온다더니 밤 10시 넘어 귀가한 남편이 밥 있느냐고 묻는다.

"밥은 있는데 반찬이…"

"괜찮아, 있는 대로 줘." 하며 예비 신자 교리서를 꺼내 놓지 않는가.

"아니, 어떻게 된 거죠?"

"예비 신자 교리 받고 왔어."

"뭐라구요, 정말?"

"그렇게 됐어."

"이럴 수가! 자초지종을 좀 말해 봐요."

그의 이야기인즉, 자신은 오늘(1월 14일) 교리를 시작하는 줄도 모르고 있었는데, 독실한 신자인 지인이 오후에 전화를 걸어와 가끔 성당에 나타나니 당연히 세례를 받을 줄 알았음인지 "오늘 안 가요?" 하기에 "어딜요?" "7시 반부터인데…." "뭐가요?" 이렇게 동문서답을 하면서 교리 공부가 오늘 시작되는 줄은 알았지만 "에이, 안 가요."라며 일언지하에 거절했다는 것이다.

그리고 오후 6시부터 시작하는 해동검도를 하러 가서 도복으로 갈아입고 준비 체조를 하기 직전, 이날따라 세 사람밖에 오지 않아 사범께 미안한지 어느 분이 누구는 손님이 와 있고, 누구는 몸이 안 좋고, 김 누구는 천당 가겠다고 성당 간다더라며 변명조로 얘기를 하는데, 이때 섬광처럼 성당이라는 단어가 머리에 와 꽂히며, 불현듯 자신도 교리 공부를 받으러 가야겠다는 생각이 들었다

정수산의 시가 있는 산문

는 것이다. 그래서 무엇에 홀린 듯, 약속을 잊었다며 사범께 양해를 구하고는 그날따라 기사가 부재함에도 손수 운전하여 부랴부랴 성당으로 향했다는 믿기지 않는 사실.

"오, 주님 감사합니다. 드디어 제 기도를 들어 주신 겁니까?"

20여 년간 기도하며 권유해 왔지만, 그는 움직일 수 없는 바위와 같았다. 최근에는 가끔 미사 참례도 하여 마음이 움직였나 싶어 교리를 받으라고 하면 묵묵부답, 언제 입문할지 참으로 막막하기만 했다. 작년에도 외짝 교리반에 들길 바랐지만…. 올해 또 실패할까 봐 나는 마음이 조급해졌다. 왠지 이번 기회를 놓치면 안 될 것만 같았다. 강요도, 권유도, 애원도 통하지 않는 그를 움직일 수 있는 분은 주님밖에 없다는 생각으로 다급해져서 묵주의 9일 기도를 시작했다.
"주님, 이 신자 카드에 제 남편 이름을 쓰게 해 주소서. 자청할 수 있게 해 주소서."
나는 예비 신자 카드를 앞에 놓고 절박한 심정으로 기도하기 시작했다.
그런데, 9일간의 간절한 청원의 기도가 끝나고 당일(1월

14일) 저녁 6시가 되어도 아무 반응이 없자 '아, 또 아니구나.'하며 자포자기 심정으로 아파트 테니스장 주위를 돌면서 마음을 달랬다. '절호의 기횐데…. 그러나 어쩌랴. 주님께서는 당신의 때에 오시는 법이니….'

착잡한 심정으로 깨끗이 단념하고, 또 후일을 기약하려는 그 시점에 그의 마음에 동요가 일었다니, 이 오묘한 섭리를 기적 아닌 그 무엇으로 설명하리!

죽을 때에 산다는 말을 실감하며, 참으로 철저히 비워야 채워짐 또한 체득한 것이다.

"왜 인간을 빚어 내셨는지 알 수 없지만 예수님을 보내시어 인류를 구원하시리라 믿나이다. 성서 말씀에 조목조목 당신 뜻 밝히 있어도, 지구촌 곳곳에서 암묵적 당신 모습 보이어도, 도마의 의혹에 갇혀 있는 사람들. 기적의 강물 출렁여도, 부활의 창이 다시 열려도 망각의 강으로 내달릴 우민들. 하여도 당신 뜻 안에 있는 우리를 구원해 주실 주님이시여, 오로지 당신 이름 위에 영광 있삽나이다. 아멘."


## 'Rucy Flower'창립 꽃 전시회를 보고

삼위일체의 신비와도 같이 지반을 바탕으로 우리는 수

많은 색상의 다채로움을 봅니다.

바닷속을 들여다보면 그곳에도 산과 들, 논밭이 있는 마을이 산재하고, 온갖 바다 생물의 오밀조밀한 살림살이가 구비되어 있는 듯합니다.

원색과 중간색의 배합을 이룬 갖가지 색 물고기들의 노닒과 하늘거리는 식물들의 출렁임, 이런 바다 세계의 유연함은 오래 적채된 내장의 군살까지 허물어 놓는 듯 깊은 내면의 울림을 일깨웁니다.

파아란 하늘과 흰 구름과의 조화로운 색상은 반원을 그린 쌍무지개의 화려한 외출을 정점으로, 색상은 무미한 우리 삶을 충일한 기쁨으로 채워줍니다. 또한 고공에서 내려다보이는 구름떼 세상엔 21세기가 꿈꾸는 환상도가 그려져 있고, 기내에서 일출, 일몰의 그 붉은 광장을 목격한 이라면 불타는 열정의 사랑도가 거기 내재함을 실감할 수 있습니다.

이렇게 다양한 색상 세계에 우리가 살고 있다는 사실 그것만으로도 신이 인간에게 내린 축복 세상이 아닐까요?

예술의 궁극적 목표가 미의 창조에 있듯 꽃꽂이의 의도 역시 아름다움을 통한 감화일 것입니다.

문학은 언어의 형상화를 통해 무한한 사고의 날개를 달아 주고, 음악은 기악을 청각화, 무용은 몸짓, 미술이 색감과 조형을 통한 회화적 기법이라면 비록 한시적이라고는 하나 꽃꽂이를 조형 예술의 창출이라 할 수 있지 않을까요?

꽃은 그 아름다운 색깔과 모양, 향기로 즉 오감 중에 시각과 후각의 공감각적 심상을 부여하는 보석 같은 결정체입니다. 특히 축하해 줄 때의 꽃다발은 절대적 기쁨의 표시입니다. 그리고 성전 제단에 꾸민 꽃은 미사의 신비를 한층 더해 주어 황폐해진 마음밭을 새롭게 일구어 줍니다.

이번 전시회에서 성전 강당의 제단 위치에 성탄, 부활, 성모 성월, 대림절, 삼위 일체 등의 주제로 꾸며 놓은 꽃차림상은 은은한 장미 향기와 우아한 회화적 아름다움이 절정을 이뤄 나의 발길을 붙들어 맸습니다. 그 외 합창, 동행, 기다림의 향기 등 참 적합한 제목과 소재로 주제를 잘 소화해낸 많은 작품들을 보며 새삼 조형미의 입체적 아름다움에 놀랐습니다.

환상적인 신비의 세계를 만끽하게 해 주신 Rucy Flower 회원님들 감사합니다. 그리고 아름다운 꽃의 기도로 주님께 봉헌하는 봉사자 여러분께 주님의 크신 은총 함께 하길 기원합니다.

# 한국인, 중국인, 일본인의 성향


이런 이야기를 들은 적이 있다.

한국인, 중국인, 일본인 그리고 돼지가 한 우리에 있었는데, 냄새 나서 못 견디겠다며 제일 먼저 일본인이 나가고, 다음에 한국인 그 다음엔 돼지가 더 이상 못 참겠다며 나갔다는 이야기다.

이는 청결에 대한 척도를 나타낸 예화인 것 같은데, 최근엔 또 어떻게 변했는지 모르겠다. 너무 깨끗한 물엔 물고기도 살지 않는다는데….

해외에 살면서 내가 만나본 중국인은 통이 크고 의리가 있었다. 자신이 키워줘야 할 사람이 있으면 아낌없이 지원해 주고, 데리고 다니며 인사를 시켰다. 연결고리를 만들어 주는 것이다. 그들은 가족과 외식을 즐기고, 은혜를 입으면 현재

이득이 되는 사람이 아닌데도 때마다 선물 꾸러미를 챙기고, 그가 어려움에 처했을 땐 과분할 정도로 도움을 주었다. 자녀 교육에 대한 열의도 한국인과 다를 바가 없었다.

일본인은 작은 것이 아름답다는 그들의 모토대로 선물도 깔끔하고 아기자기한 것을 했다. 일본 식품점에 가면 작게 포장된 것이 많고, 그들의 태도는 공손하고, 오가는 대화는 사근사근했다.

외국 친구들이 많은 우리 아이 말에 의하면 일본인은 매우 소심하고, 속을 쉽게 털어놓지 않아 절친이 되기 어렵다고 한다.

내 생각에, 일본인은 근면하고 정직하여(가식인지는 모르지만) 세계 시장을 석권하는 데 큰 도움이 되었지 싶다.

하지만 시끌벅적한 한국인과 중국인에 비해 매우 얌전한 것 같지만 실상은 인간미가 없지 않나 싶다. 어떤 종교도 일본인 사회를 파고들지 못했던 이유도 바로 이런 성격 때문이 아니었을까?

다 좋은데, 인간미 없는 사회는 어쩐지 오싹해진다.


우리나라 국민성은 좀 다변적인 것 같다.

빨리빨리 경향은 다분하지만 정이 많고, 이웃과 정답게 지내며, 어려운 사람을 돕는 자비심이 강해 인간미가 넘친다.

하지만 요즘에 와서 사기꾼이 너무 많아져 타인에게 해악을 끼치는 것을 보면 정말 개탄스럽다.  물질만능주의가 짙은 것도 유감스럽고, 쉽게 좌절하여 자살하는 경향도 안타깝다.

굳은 의지의 우리 민족정기를 되살려야 하리! 좀 더 이해하는 마음을 갖고, 여유롭고 너그럽게 사는 지혜도 배워야 하리!

# 육아 일기에서

    집 정리를 하다 육아 일기장를 발견하고 읽어 보았는데, 1년 4개월 된 우리 큰애와 아빠의 실랑이가 하도 우스워 파안대소, 여기 싣는다.


    개구지고 심술궂고 악착스러운 너.

    오늘은 아빠와 너의 작은 싸움을 이야기하겠다. 그것도 침대 위에서 말이다.

    네가 졸린 눈으로 우유를 먹고 있는데, 아빠가 "수정아, 아빠 좀 줘." 하니까 정색하며 강한 거부 반응을 보인다.

    엄마도 덩달아 "수정아, 아빠 좀 줘." 하니 "어어어~" 하며 절대 안 된단다. "아니야, 아빠 주지 말고 너 먹어." 하니까 비로소 "어." 하고 안도의 대답을 한다.

    아직 말뜻을 완전히 이해할 리는 없고, 대충 분위기나 말투로 보아 통밥(?)으로 알아듣는 모양인데 어쩜 그리도 정확히 아는지!

 아빠와 엄만 그만 박장대소.

 헌데 아빠의 장난이 여기서 끝날 리 만무, "에이, 안 되겠다. 나도 맛있는 거 갖다 먹어야지~" 하며 냉장고를 뒤져, 귤과 사과를 가져와 아주 맛있게 냠냠거리고 먹으며, 약을 살살 올린다.

 이젠 수정이 너가 바꿔 먹자는 제의.

 아빠가 응하지 않자 옥신각신 하다 겨우 타협하더니 어느 새 너는 잠이 들고, 엄만 진짜 큰 웃음을 몇 번씩이나 웃어야 했다.

 "큰애기 작은애기 키우기 힘들구나~"

 어느 새 졸리운 아빠, 어쩜!

 평소 사람들이 널더러 아빠 닮았다 해도 별로 믿기지 않았는데….

 기껏 손발이라든가 앉은 자세, 엄지발가락 등 부분적인 것이라고 생각했는데, 오늘 보니 그 모습이 흡사, 또 한번 엄만 실소하고 말았다. 졸려 내리 깐 눈꺼풀과 그 표정이 똑같구나, 똑같아. 개구지게 먹을 때의 모습도 비슷, 하하 그 아빠의 그 딸이렸다.

 흠, 둘째는 엄마하고 비슷할걸.

# 어린이를 위하여

어린이는 우리의 보배요, 희망이다.

어린이가 건강해야 나라의 미래가 밝다.

어린이집이나 유치원, 초등학교에서 적정 연령에 따라 잘 교육시키고 있다고 믿는다. 문제는 너무 어릴 때부터 과도하게 공부시키는 데 있다.

배울 것이 좀 많은가. 수영, 바이올린, 피아노, 태권도, 미술, 무용, 컴퓨터, 영어….

연령에 맞게 가르쳐 재능이 어디 있는가를 파악해야 함은 옳다고 본다. 그러나 내 경험으로는 어려서 너무 공부를 열심히 하면 진짜 중요한 때, 중 고등학교에 가서 열심히 하지 않는 경우가 많았다. 미리 너무 진을 빼서일까?

나는 우리 애들 어렸을 땐 적당히 시켰다. 시간 절약을 위해 시험지 채점해 주고 그런 것도 하지 않았다. 뭐든 스스로 하게 했다. 어쨌거나 우리 애들은 학년이 올라갈수록 성적이 올랐다.

어릴수록 많이 놀게 해야 한다. 놀이터에 아이들의 소리가 들려야 한다.

해외에서 30여 가구의 회사 관사에 살 때, 밖에 나가면 아가들이 나들이 나와 있고, 아이들이 테니스장에서 놀곤 했다. 이 정경이 좋아 나는 '정다운 우리 집'을 썼다.

미국 여행길에서 너무도 환상적인 쌍무지개를 보았는데, 아이들이 지칠 때 무지개를 보고 위로를 받았으면 했다. 그리고 놀이터든 잔디밭이든 자주자주 놀러 나갔으면 했다.

우리의 어여쁜 아이들이 씩씩하게 자랐으면 좋겠다는 소망으로 오래 전에 쓴 동시 세 편을 싣는다.


## 정다운 우리 집

아이들의 꿈이 설레는
구름다리에
파아란 하늘이 걸려 있다.


날마다 밟고 가는 마당가에
코스모스로 피는

아가들의 미소

얼키설키 넝쿨 담 아래
큰 아이 작은 아이 어울려
아카시아 향기

우리들의 소망이 익어가는 황혼녘
따사로운 이웃사촌 정이 흘러

정다운 우리 집은
고향이 되고
조국이 되고….


## 하늘 친구

엄마께 꾸중 듣고 울적해지면
여행길에 사귀었던
하늘 친구 생각한다.

정수산의 시가 있는 산문

흰 구름 벗 삼아 장난질 하다
멋쩍게 웃어 보인
다정한 하는 친구

동생과 다투고 열없어지면
여행 중에 사귀었던
무지개님 떠올린다.

오색실로 반원 그려
환히 웃어주던
신비로운 하늘 천사


## 잔디밭으로

피아노에 매달린 고사리 손들아
컴퓨터 놀음에 지친 팔들아

어서어서 잔디밭으로 와 봐라
개미들 오며 가며 기꺼워하지 않니?

학교 갔다 학원 갔다
배움터만 밟는 가엾은 발들아

푸르른 잔디 밟아 보아라
두 발이 좋아라 깔깔 웃지 않니?

우리도 때로
재미나게 놀아 보자
신나게 뛰어 보자

# 우리말과 글이 소중한 이유

　외국에 거주하는 학부모들은 중·고등학교를 국제학교에 보낼 경우 자녀들에게 국어 과외를 시킨다.

　나는 교과서만큼 좋은 교재는 없다는 생각으로 교과서 위주로 공부시켰다.

　보통 일주일에 두 번씩 하는데, 나는 한 번만 오라고 했다. 다른 과목도 공부해야 하는 학생들의 부담을 덜어주기 위함이다.

　대신 두 번 하는 효과를 얻도록 숙제를 내주어 주말 동안 해오게 했다.

　첫째, 우리말이 우수하다고는 하나 한자를 적절히 섞어 써야 폭넓게 어휘를 구사할 수 있다고 여겨 한자를 외워오게 했다.

　둘째, 글 쓰는 요령을 익히려면 신문 사설을 읽히는 게 좋을 것 같아 사설을 요약하고, 주제를 찾아오게 했다. 신문 사설은 시사성을 반영하므로 민감한 시대상을 알 수 있어 더 없는 자료라는 생각에서였다.

　열성이 대단한 자매가 있었는데, 신문 사설을 일주일에 하나 이상 해오랬더니 두 개, 세 개를 해오곤 했다.

둘 다 유수의 대학을 나와 지금 누구나 부러워하는 직장에 근무하고 있다. 열정보다 더 좋은 무기는 없지 싶다.

그리고 책을 읽고 글을 써오게 했는데, 내 학생이기도 했던 우리 둘째의 글을 감히 공개한다. 중등과정 학생들이 비교하여 도움이 되었으면 하는 바람에서….


### 우리말과 글이 소중한 이유

우리가 공기와 물의 소중함을 느끼지 못하듯, 항상 사용하고 있는 우리말과 글의 중요성을 깨닫지 못하고 있다. 우리에게는 학교의 정규 과목 국어로 다가오는, 조상들의 사상과 정서가 담긴 우리말과 글의 필요성과 소중함을 느끼고, 깊이 생각해보아야 한다.

우리는 말과 글의 관계를 '하고자 하는 말을 글로 표현할 수 있어야 하고, 쓰고자 하는 글을 말로 전달할 수 있어야 한다.'라고 정의를 내린다. 하지만 말과 글은 표현하고 전달하는 것 외에도 조화가 이루어져야 한다.

인도네시아의 말, 인니어는 그들 조상으로부터 내려왔지만, 글은 영어의 철자를 빌리고 있다. 인도네시아 사람들의 말하는 음성을 들어보면, 그들의 언어가 영어 철자 26

자에 표현되어 있는 발음과는 매우 다르다고 느끼게 된다. 인니어의 발음과 음성을 영어 철자 26자에 끼워 맞추었기 때문이다. 그 글을 읽는 사람은 대충 이해하고 전달될지 모르나 그들의 말과 글은 다른 정서, 다른 민족에게서 형성되었기 때문에 서로 조화를 이루지 못하는 것이다.

영어나 프랑스어 등도 라틴어에서 파생된 것뿐이며, 많은 나라들이 고유의 말은 소유하고 있지만, 고유의 문자를 가지고 있어 말과 글이 서로 조화를 이루고 있는 나라가 매우 드문 것이다.

우리는 이 점에서 우리의 말과 글에 대한 자부심을 가져야 한다. 비록 우리의 말이 중국어의 영향을 많이 받았다고는 하나, 우리나라 말은 중국과 일본어와는 매우 다른 특색을 가지고 있으며, 문법, 단어 등 모든 것이 거의 다르다. 또한 우리글은 소리글자이지만 한자를 사용하여 더욱 정확하고 세밀하게 뜻을 전달하고 있을 뿐만 아니라 우리 고유의 말과 조화를 이루며 사용되고 있다. 우리글에는 말의 음성과 발음뿐만 아니라 우리의 사상, 문화까지도 담을 수 있는 조화가 이루어진 것이다.

옛날, 세종대왕께서 훈민정음을 창제하기 전까지는 어쩔 수 없이 한자를 빌려 사용했지만, 그 후에도 많은 사대부들이 한글을 천시하고, 중국의 한자를 사용하는 것만이 고상하고 높은 지식을 과시할 수 있다고 생각했었다. 그러한 그들을 보고 서포만필에서 김만중은 사대부들이 한문학을 사용하는 것은 앵무새가 사람의 말을 흉내 내는 것과 같다고 비판하였다. 그는 우리말과 글의 조화를 깨닫고, 우리글을 천대하며 우리나라 말을 정확히 옮기고 표현할 수 없는 한문을 사용하는 사대부들을 마치 아무 뜻도 모르고 지껄이는 앵무새로 비유했던 것이다.

우리 조상들은 수없이 많은 시련을 겪으면서도 우리의 말과 글을 지켰다. 우리의 말과 글은 후손에게 물려주어야 한다는 선조들의 의지로 가꾸어져 내려왔기 때문에 우리는 음성, 생각, 느낌 하나하나까지도 세심하게 표현하고 전달하는 훌륭한 언어문화를 사용할 수 있는 것이다.
우리의 말과 글은 소중하다. 그 속에 우리 민족의 시련이, 선조들의 숨결이 그리고 다른 민족이 흉내 낼 수 없는 우리말과 글 고유의 조화가 있기 때문이다. 우리는 이 소중함을 느끼며, 우리말과 글에 대한 자긍심을 갖고 우리 후손들에게 이 자긍심과 우리의 말과 글을 물려주어야 할 것이다.

정수산의 시가 있는 산문

## 『죄와 벌』 주인공 왜 벌 받아야 하나?

사람의 가치의 기준은 무엇인가?

세상은 한 사람의 가치를 그 사람의 단면만을 보고 곧장 단정 지어 버리곤 한다.

도스토예프스키의 소설 『죄와 벌』에서 주인공 라스콜리니코프는 그가 살해한 노파의 존재가 바퀴벌레와 다를 바가 없다고 한다.

그는 노파의 죽음이 많은 생명을 부패와 타락에서 구원시키며, 바른 길로 향하게 할 수 있으므로 쓸모없는 노파를 살해하여야 한다고 말한다.

더 가능성이 많고 젊은 사람들이 노파의 유산을 통해 행복해질 수 있다면 그것은 범죄가 아니라고 생각했던 것이다. 그는 사람의 가치를 판단하는 기준이 젊음, 행위 그리고 그 사람이 가지고 있는 가능성과 능률이라고 단정했다.

그러나 그것은 그의 주관적인 생각일 뿐이다.

만약 그 노파를 두둔하는 사람이 있었다면 노파의 생명이 더 없이 중요하다고 주장했을 것이다. 이렇듯 사람의 중요성은 상대에 따라 변하는 상대적이고 주관적인 것이다.

그러므로 그 어떠한 기준도 사람의 가치에 대한 정의를 내릴 수는 없다. 라스콜리니코프의 개인적인 생각으로는 그 노파가 폐병장이고, 우둔하며 간악하다고 평가를 할지라도 노파의 가치를 비하시킬 권리는 없는 것이다. 한 생명을 두고 누가 누구보다 더 중요하다고 말할 수는 없다.

그는 한 존재에 대한 가치를 무시하며 비하시켰고, 생명을 살해했으므로 벌을 받아야 마땅하다. 그는 점차적으로 변해가며, 죄책감에 견디다 못해 스스로 자수를 한다. 이러한 그의 변화 뒤에는 희생적인 소녀의 사랑이 있었다. 그는 그런 사랑으로 인해 한 생명이 얼마나 소중한지 깨달았던 것이다.

그가 속죄하기 위해선 그가 변해가며 느꼈던 사람의 가치의 중요성을 깨달아 노파 한 사람이 얼마나 가치 있는 사람이었으며, 중요했었는지 뉘우쳐야 한다.


세상은 자기 기준화로 변해가고 있다. 자기를 기준으로 하여 부, 명예, 젊음 그리고 가능성 등으로 쓸모 있는 사람, 쓸모없는 사람의 두 갈래로 나누어 서로를 비판한다.

죄와 벌의 주인공이 저질렀던 모순과 살해는 이러한 우리의 사회를 비추고 있는 것이다. 우리는 도스토예프스키의 작품을 통해 자기 합리적이고 주관적인 가치를 나누는 우리 사회의 심각성을 다시 인식해야 한다.

정수산의 시가 있는 산문

## 학마을 사람들

　대부분의 한국인들은 우리나라와 일본의 뒤얽힌 역사에 대해 부정적인 시각을 가지고 있다. 나 또한 마찬가지다.

　왜놈으로 불렸을 정도의 끊임없는 약탈, 우리 선조들의 피를 말렸던 임진왜란, 전국토를 집어삼켜 만행을 일삼았던 일제 시대 그리고 아직도 계속되고 있는 일본의 영향…. 이러한 나빴던 점만 본다면 어느 누구도 일본을 좋아하지 못할 것이다.

　이렇게 우리나라와 일본을 비판하는 책을 여러 권 보았다. 그러나 그 어느 것도 『학마을 사람들』처럼 소설로써 그 역사를 이해하고, 가슴이 미어지는 슬픔과 억울함을 전달해 주는 책은 없었다.


　학마을 사람들은 일본이 우리에게 가장 잔혹했던 일제 시대와 그 이후, 6·25전쟁을 배경으로 이야기가 펼쳐진다.

　학은 학마을 사람들에게는 평안, 우리나라 전체에게는 평화를 상징한다. 학이 머무르는 이곳은 한없이 포근하고 아름다웠다. 바깥 세상과 차단된, 욕심 없는 소박한 작은 세상, 학마을.

　학이 찾아오는 봄이 올 때면 큰 잔칫날이 있었고, 젊은 이들은 그날 서로의 마음을 전했다. 또 처녀의 물동이에

학의 똥이 떨어지면 그해 안에 그 처녀는 시집을 간다는 전설도 있었다. 그리고 그들에게 학은 마을의 모든 문제를 해결해 주는 신과 인간의 매개체였다. 이렇게 마을 사람들은 학을 기다렸고, 의지했으며, 사랑했다.

이 부분을 읽으면서 나는, 학마을 사람들은 우리나라의 소박했던 조상들을 대변하고 있다고 확신했다.

그런데 어느 봄날, 그들의 학이 마을로 되돌아오지 않았다. 마을 사람들은 불안에 빠졌고, 학이 없는 학마을엔 가뭄과 불행이 시작되었다.

그해, 마을 사람들은 왜놈들이 우리나라를 빼앗았다는 소식을 들었고, 열병으로 많은 사람들이 죽거나 대부분의 사람들은 마을을 떠나갔다.

평온과 평화를 상징하는 학이 일본의 침략과 동시에 사라져 버린 것이다. 나는 이 모든 불행이 모두 일본의 짓이라는 생각에 혐오감이 한층 더해졌고, 이 모든 수모를 견뎌야 했던 우리 조상들의 영혼을 느낄 수 있었다.

36년째였다. 학마을을 버리지 못했던 이장 영감과 박훈장은 희망 없이 영마루에 앉아 있다가 돌아온 학의 소식을 듣고, 눈물을 흘리며 기뻐하였다.

그리고 그해, 우리나라는 자유를 되찾았고, 농사는 대풍이 들었다. 학마을은 다시 학과 평안을 되찾은 것이다.

이렇게 학마을은 평화로운 몇 년을 보냈다. 그러나 더 큰 불행이 그들을 기다리고 있었다.

이장네 손자 덕이와 박 훈장네 손자 바우는 봉네를 좋아했다. 봉네는 덕이를 좋아했고, 결국 이장네 손자 덕이와 봉네는 결혼을 하게 되었다.

잔치가 열렸던 그날 밤, 바우는 마을에서 사라지고 만다. 이 삼각관계는 우리나라 민주주의와 사회주의의 갈등을 나타내 주는 것 같았다.

그해에도 학마을에는 평년이 들었지만 학의 새끼의 죽음을 암시로 바우를 앞세운 공산당들이 학마을로 내려왔다. 바우는 이제 마을에서 제일 높은 사람이 되었고, 나중에는 학을 총으로 쏘아 죽여버렸다. 그는 마을 사람들이 철석같이 믿었던 학을 죽이면 그들이 그를 따를 것이라고 믿었던 것이다.

너무 변해버린 바우가 불쌍하기도 하고, 어리석고 잔인하다는 생각도 들었다.

얼마 후, 우리 군대가 공산군을 쫓아냈다는 소문과 함께 바우는 사라졌다.

9월, 학이 떠나버린 그날, 학마을 사람들은 다시 공산군의 침입으로 피난을 가야 하는 상황에 놓였다. 혹시나 하는 바우 어머니와 박 훈장을 뒤로 한 채, 학마을 사람

**어머니**

들은 부산으로 길을 떠났다.

온갖 수모와 고통을 겪으면서도 학마을 사람들은 버텨
냈고, 그러던 어느 날 그들은 학마을로 다시 돌아왔다.

학마을은 너무나 많이 변해 있었다. 학나무와 이장 댁
은 다 타버렸고, 바우가 데려간 줄 알았던 박 훈장은 이
장 댁 밑에서 시체로 발견되었다.

그날, 기력이 쇠진해 있던 이장 영감도 갑자기 세상을 떠
났다.

하지만 학과 학나무는 새로운 세대인 봉네와 덕이가 애
송나무를 심음으로써 이장 영감의 유언대로 지켜질 것이
라 믿는다.


이 소설을 읽으면서 정말 많은 것을 깨달았다. 학마을
사람들은 우리 조상들의 순박하고 평화를 사랑했던 영
혼을 대변해 주고 있다. 그러면서도 그들이 겪어야 했던
수모와 고통도 잘 전달해 주고, 이 글은 나에게 또 다른
메시지를 전해 준다.

우리 마음에도 학이 한 마리씩 자라고 있다. 그리고 그
학은 나를 지켜주는 신과 인간의 매개체이다. 평온, 평화,
사랑 그리고 의지.

학마을 사람들이 학을 지켰던 것처럼, 설사 그 학이 나

정수산의 시가 있는 산문

의 마음을 떠나 불안하고 고통스러운 일이 있을지라도
우리가 학에 대한 믿음을 버리지 않는다면, 다시 우리에
게 돌아와 우리를 지켜줄 것이다.

# 사우디아라비아에서 6개월,
# 호주 시드니에서 2년

나는 새댁 때에 남편을 따라 사우디아라비아 D시에서 잠시 살았다.

아는 사람 중에 혈기 왕성한 부부가 있었는데, 한 번은 심하게 다투고 남편이 "너랑 안 살아." 하며 결혼반지를 창밖으로 집어 던졌다고 한다.

다음날 주위 모래밭을 아무리 뒤져도 반지는 찾지 못했다니….

몇 가족이 야유회를 가서 바비큐를 하고 있었는데, 어디서 왔는지 고기 냄새를 맡고 파리 떼가 엄청나게 몰려와 제대로 먹지도 못했고, 볼링을 치러 갔었는데, 처음 배우는 오기로 8게임을 치고는 오랫동안 몸살을 앓기도 했다.

딱 한 번, 가정집에 초대를 받아 갔었는데, 집은 대궐처럼 넓고 부인이 두 명인데 팔찌를 여러 개씩 하고 있었다. 팔찌는 남편의 애정을 나타낸다 한다.

큰딸은 미국 유학을 다녀와 영어를 유창하게 구사했는데, 나는 주눅이 들어 몇 마디 나누지도 못했다.


호주 시드니에서의 기억은 자연 환경과 사람이 적절하게 배치되어 있다는 것이다. 어딜 가나 차가 막히는 법이 없었고, 사람도 북적대지 않았다. 1988년경이었으니 지금은 또 어떻게 변했는지 모르겠다.

가족끼리 오페라 하우스에 갔었는데, 사진에서 보던 조개 껍데기 모양의 지붕 외에는 특이할 것도 없었다. 다만 바다와 어우러져 그 위용이 두드러져 보일 뿐.

시드니의 해변은 참으로 속 시원스럽다. 해변이 확 트여 있고, 모래도 고우며, 무엇보다 절벽 위에서 바라보는 바다는 원대했다. 우리나라 동해안과 비슷한데, 깎아지른 절벽에 부딪히는 포말이 장관이었다.

캠시라는 곳에 한국 교민들이 집성촌을 이루며 사는데, 자리 잡고 안정되게 사는 사람이 있는 반면, 너무 힘들게 사는 사람도 있었다.

한 젊은이는 직업을 아홉 번이나 바꿨다고 하는데, 눈이 충혈되어 있는 것으로 봐서 무척 고단한 모양이었다. 미용사 아줌마는 남편과의 불화로 도망하다시피 왔다고 했다.

이렇게 어떤 이의 삶은 참 고단하다. 언젠간 좋은 날이 있으리라는 희망 속에 사는 것임에라.

88올림픽을 고국에서 맞지 못하는 것이 아쉬웠으나 진우네, 준우네, 호섭이네와 함께 네 가족이 자주 어울리며 잘 지냈었는데…. 보고 싶다.

정수산의 시가 있는 산문

# 미국의 5월
# 그리고 한국의 4월

'지금껏 내 인생의 보너스'라고 스스로 일컫는 두 번의 여행
—미 서부와 로키 산맥 그리고 남해, 서해, 강원도까지—은
몇 년이 지난 지금, 또 다른 고향처럼, 가슴에 묻어둔 연인처
럼, 내 무딘 일상에 때때로 무지개 되어 떠오른다.

"우주가 얼마나 요원한지 내 체감하지 못한 바, 로키 산맥
과 미 서부를 횡단하고 보니 지구도 참으로 넓구나."

가도 가도 끝없는 대지…. 내가 본 미국은 광활함 그 자체
였다.

이해관계가 생태계처럼 얽혀 있는 현대 국제 사회에서 미국
은 선망의 대상이자 반목의 적대국이기도 하다. 반미, 반미
하면서도 미국과 연계되지 않고서는 명맥을 유지하기 힘들
정도로 미국은 이미 세계 중심에 서 있다. 온갖 종족이 모여

온갖 것을 창출해 내는 미국이지만, 그 저력은 국민성에 있지 않나 싶다.

예를 들어 인종 차별주의가 말썽을 부리는가 하면, 국경을 초월하여 빈국의 아동들을 기꺼이 양육하는 '홀트 아동 복지' 같은 정신을 가진 사람들이 또한 상당하다는 사실은, 소수의 부정적 인식을 저어하면서 긍정적 사고의 폭을 넓혀, 빗나간 대립적 인식을 상쇄시켜가는 국민 저변의 힘이 아닐까?

정부의 양육비 보조가 있다 해도 박애주의의 청교도적 봉사 정신이 없고선 절대 남의 아이를 키울 수 없다는 걸, 자기 자식을 키워본 사람은 안다. 자신의 자녀가 이미 있는데도 남의 자식을 성심껏 돌보는 이들을 나는 진심으로 존경한다.


그런데, 미국을 대충 둘러보고 나니 땅덩어리 자체가 국력인 것 같아 적이 두려워진다.

라스베이거스처럼 저 사막이 언제 황금알을 낳는 거위가 될지 모른다니! 몇 센티미터만 걷어내면 옥토인데 먼 미래를 위해 개발을 않고 있단다.


말로만 듣던 그랜드 캐니언, 대협곡의 규모에 또 한 번 놀란다. 아직도 저 계곡 어딘가에 인디언 보호구역으로 지정된

마을이 있다는데, 그들의 뿌리를 흔들어 놓은 문명의 이기가 서럽다.

경부선 길이로 뻗어 있다는 이 협곡만큼 로키 산맥도 길고 긴가?

끝없이 뻗은 산맥을 따라 가다 만나는 호수도 호수가 아니다. 너무도 넓고 길어 바다인가 했더니 호수란다. 에메랄드빛 호수에 내 마음을 담가본다. 노를 저어 한 바퀴 둘러보고는 로키 산맥 절경을 향해 차는 종일토록 달린다. 암탉도 강아지도 졸고 있는 오후, 긴 햇살 따라 저도 여행가자고 농가의 한적함이 차 속에 실려 오고 있다.

드디어 절정의 벤푸. 곤돌라로 정상에 올라 내려다 본 설경은 아, 선경! 설원 천국엔 아직도 신선이 거하는가? 지상의 온갖 설화를 안고 안개에 싸여 요요한 세계! 심도에 따라 갖가지 모양으로 변신하는 바위들의 연출 또한 신묘하다. 무릉도원이 바로 여기렷다.

안내원이 말한다,

"여러분은 운이 매우 좋습니다. 이런 날씨는 1년에 보름 정도입니다."

이렇게 5월을 마감하며 귀국한 우리 가족은 차를 빌려 우리의 서해를 둘러보게 되었다. 계룡산, 속리산, 지리산을 거쳐 남해안까지.

그리고 도중에 섬진강, 부여, 공주 등 경유하는 곳의 작은 명소들도 구경했으니 참으로 경제적인 여행이란 생각이 들었다.

산사에 이르러 들이키는 쪽바가지의 물맛은 정말이지 세상에서 제일 맛난 음료라 말하고 싶을 정도로 시원하고 맛스럽다.

산에 오르니 금수강산이란 말이 실감난다. 쉬이 오를 수 있는 산이 이리 가까이 있다니! 맑은 물이 흐르는 계곡, 산사의 풍광…. 자연 친화적 우리 삶의 모습이 여실하다.

화창한 봄날, 상주 해수욕장을 지나 미조에 이르는 해안도로를 달려 반짝이는 한려수도의 물보라에 마음을 적셔보라. 하면, 벤쿠버에서 시애틀로 넘어오는 해안이 무색해지려니.


이듬해, 운 좋게도 조국의 봄, 그것도 4월의 봄을 만끽할 기회가 왔다. 사철 더운 나라에 오래도록 살아온 내겐 참으로 가슴 떨리는 재회다.

4월 초의 서울 아침은 으스스 춥다. 부산으로 향하는 고속버스에 몸을 싣고 창가를 주시하니, 남으로 향할수록 봄기운이 완연하다.

추위를 벗고 소생하려는 새싹들의 요동과 산에 들에 가득한 만물의 기지개 소리, 모두가 봄의 들뜸이다. 새롭게 태어나고 싶다는 생명의 외침이다.

내 고향 동산에 만발했던 개나리, 진달래 그리고 죽마고우를 만난 듯 만사가 반갑고 정겹다. 삶은 감격이라더니, 이 감격의 출렁임으로 오늘 난 마냥 행복하다.

남해고속도로에 만개한 아치형 벚꽃 행렬 사이로 달리다 보니 절로 황홀경에 빠져든다.

상경하면서 맞는 4월 중순의 중부 지방은 다시 향연의 절정. 4월은 잔인한 달'이라 역설했던 의미가 형언키 어려운 기쁨이요, 아름다움임을 이제 인지하게 된 건가.

고국에 살 땐 매년 돌아오는 당연한 봄으로 맞았던 이 봄이 왜 이리 어여쁜지! 나이 탓인지 타국 생활 탓인지 아무렴 4월의 봄은 예술의 극치로다.

강원도 정선의 동강에서 이를 다시 한 번 확인한다.

현대 공해병까지 싸안고 역사의 그날을 예고하는 듯 유유히 흘러가는 동강에게 홀려 하마터면 내 혼까지 흘려보낼 뻔했다.

김치며 나물, 된장찌개 등 우리 음식이 너무 좋아 한국인임을 다행으로 여겨왔던 나는 이제 무상으로 주어진 이 자연의 혜택에 탄복하며, 대한민국 국민임을 고맙게 여긴다.

정선의 얼음 동굴 또한 신비의 세계, 쭉쭉 늘어진 고드름 만상이 환상의 세계를 연출한다.

절벽 아래로 도도히 때론 겸허히 흐르는 동강에게 마음의 상처까지 씻어가라 빌어본다.

전 국토가, 아름다운 금수강산이 우리 국민 모두의 정원 아닌가. 세계 곳곳을 다 여행해본 것은 아니지만, 몇 나라에 살아보고, 미국, 영국, 싱가포르, 말레이시아 등지를 둘러보고 나니, 우리나라야말로 사철 따라 변하는 아름다운 산수와 문화유적지가 겸비된 일거양득의 효과를 낼 수 있는 여행지임을 절감하게 되었다.

언젠가 단풍 아름다운 가을 산에 다시 가 보리라.

# 교민의 힘

이스라엘이 강건한 건 각지에 흩어져 사는 교포들 힘이 크다고 한다. 연구에 의하면 이스라엘인의 우수성은 타고난 것보다 교육과 대대로 이어져온 관습 덕이 더 크다고 한다.

예부터 우리 선조들의 교육열도 대단했다. 일제 강점기 이후 우리 부모들은 모든 것을 희생하여 자식들을 교육시켰다. 그것이 오늘의 한국이 있게 한 원동력이 아니었을까?

30여 년 전, 동남아에 거주할 때 마트에서 한국산 냄비를 보고 얼마나 감격했던지!

그 후 삼성, LG 제품들, 현대자동차 등이 출시될 때마다 경이로움 그 자체였다.

2000년도 이후 한국산이라면 자랑스럽게 여기고, 한글이 쓰인 옷을 입고 거리를 활보하는 현지인들을 보면서 우리 교민들은 솔직히 정부보다 기업들에게 더 감사했다.

10년 전쯤으로 기억되는데, 이건희 회장께서 "몇년 뒤의 삼성을 생각하면 어깨가 오싹해진다."고 하셨다. 그것은 몇 십

년 뒤의 일까지 내다보며 경영을 한다는 의미이며, 지금의 삼성을 보면 그만큼 준비해 오셨다고 평가된다.

그러나 대기업의 부정적 소식도 들린다.

골목 상권까지 장악하여 서민들이 삶의 터전을 잃게 된다는데, 양보하여 자제해 주시고, 국제적 경쟁력을 키우는 데 더욱 박차를 가해 주시기를 당부드린다.


우리 교포들은 세계 곳곳에 산재해 있다.

교민들이 사주는 한국 제품도 만만찮으며, 한국 이미지 형성에도 큰 기여를 한다. 특히 미국에서의 한국 교민의 힘은 대단하다. 구한 말, 그 먼 곳으로 이민 가 떳떳하게 정착해 사는 그들.

얼마 전에 TV조선에서 방영한 〈이름 없는 영웅들〉에서 미국 이민 초기, 과수원에서 일하며 독립 자금을 후원했다는 교민들 이야기는 가슴을 뭉클하게 했다.

정부도 국민들도 세계 곳곳의 교민들을 따뜻이 품어 안아야 할 것이다.

정수산의 시가 있는 산문

# 엄마의 마음

부모의 마음을 하해와 같다고들 한다.

특히 딸을 가진 부모는, 평탄한 길을 순조로이 걸어가기를 바라며, 늘 기도하는 자세로 살 수밖에 없다.

아들도 마찬가지다. 어디 가서 싸우고 다쳐오지는 않을까, 나쁜 행위에 물들지는 않을까, 노심초사하며 살아야 하는 것이 부모의 마음이다.

공부시켜 장성하면 혼인시켜야 하고, 직장 걱정, 태어나는 손주들 걱정…. 걱정 꾸러미와 친구되어 살아야 하는 것이 인생이다.

그러나 인생이 살아볼 만하다고 생각되는 것은 자식을 키우면서 보람을 느끼고, 싹을 키워내는 재미로움과 꿈을 키워가는 무한한 희망이 우리를 새롭게 하기 때문이다. 자식은 곧 생명이며 희망인 것이다.

나는 외국에서 공부하는 딸에게 이런 편지를 썼다.

사랑하는 나의 딸에게

　보고 싶다. 거의 매일 목소리 듣지만, 그래도 네 얼굴 마
주하며 정다운 눈길 나누고 싶다. 긴 머리 올려 묶어 자
연스레 늘어진 귀밑머리 아름다운 옆모습도 너 몰래 엿보
며 감상하고 싶다.

　예술은 미의 창조에 의의가 있다지만, 여성이 있는 모습
그대로 아름다우면 곧 예술의 진미가 아니겠느냐?

　나는 네 모습 그대로가 좋다. 겉모습뿐만 아니라 섬세한
마음씨, 영특한 머리 씀 등 높이 사지 아니할 것이 없어
걱정일 정도로 네가 좋다. 예술성까지 겸비한 네 능력을
과소평가하지 마라.

　어떤 이는 우월감에 빠져 있어 걱정인데, 너는 오히려
스스로를 비하시키는 경향이 있어 나는 걱정이다. 남이
인정해 주면 그러려니 하고 너의 그런 탄생에 감사해 하
고, 그 능력으로 보답할 길을 모색해야 하리.

　지나친 겸손은 결코 득이 되지 못함을 인지하라. 　현대
사회는 경쟁 사회이니 선의의 경쟁에서 이겨야 하느니, 늘
스스로의 자긍심을 일깨우라.

　미래의 네 짝도 너의 이런 아름다움과 능력을 알아보는
사람이었으면 좋겠다. 미의 본질을 알아보지 못하면 그

미는 가치를 발휘하지 못하는 것이기에.


　정, 진. 너희는 나의 모든 것이다.

　나는 너희에게 무엇보다 소중한 존재로, 강건한 다짐으로 밝게 살 것이다. 늘 중용의 도를 지켜 스스로를 보호하며, 운명적인 것마저 주님께 청하여 곧게 펴 달라 기도하며 살 것이다. 우리, 주님의 튼튼한 포도나무로 살자.

　오늘 네 엽서를 받고 감격했다. 네 자체가 감격이지만, 목소리만 들어도 감격하지만, 너무 예쁜 글씨와 내용, 어찌 감동하지 않으리.

　언제까지나 주님의 아름다운 딸로 살라.

　나의 어여쁜 딸로 살라.

　사랑스런 나의 딸, 무엇보다 건강에 유의하라. 규칙적인 생활에 힘쓰고, 야채, 과일 등 5대 영양소 섭취에 신경 써라.

　네 말대로 나 또한 너희를 내게 주신 주님께 감사한다.

　정아, 네가 가진 너만의 훌륭한 무기로 우뚝 서라. 당당하라.

　우리 가족 늘 건강하고 평안하기를 빌며 줄인다.



　누구나 자식이 건강하게 잘 살기를 바라는 마음이 엄마 마음일 것이다.

# 천사들의 합창

나는 "주님, 당신은 제 문제를 알고 계시지 않습니까? 과대 망상이 아님을 알고 계시지요? 제발 이젠 근본적으로 해결해 주십시오."라는 요지의 글을 써서 집에서 가장 가까운 교회를 찾아갔다.

혼자 힘으로는 감당이 안 되어 목사님을 비롯한 전 신도에게 기도를 부탁하기 위해서였다.

누구든 만나면 편지를 전하며 기도 부탁을 하려 했는데, 아무도 못 만나고 한참 앉아 기도만 하고 왔다.

그런데 그 다음 주부터 향한 걸음이 그 교회가 아니고 해군 중앙 교회였다.

38년째 가톨릭 신자인 내가, 경건하고 엄숙한 미사 참례를 중시하고, 주님을 흠숭하는 찬양 노래, 성가를 너무 좋아하는 내가 왜 교회로 향했을까?

그것은, 너무나 절박한 내 심정을 받아 주고, 강력하게 기도해 줄 분이 목사님이라는 생각이 들어서였다.


　이렇게 내디딘 걸음이 6주째 이어지고 있다.

　신도들의 활기차고 기쁨에 찬 모습들이, 목사님 강론이 매 주일 날 끌어당기고 있다.

　오늘 말씀은 반크리스트(Anti-Christ)가 생겨난 원인 등을 짚어보는, 참으로 중요하고 당면한 과제를 재조명해 보는 내용이다.

　내 생각에, 성서 말씀을 중시하는 기독교는 삶의 방향을 구체적으로 잘 제시해 주는 것 같다. 구원의 확신을 갖고 기쁘게 살라는.

　그러나 믿음만으로 구원받는다는 생각은 오류다. 성서 말씀 곳곳에 예수 그리스도의 말씀대로 행하며 살아야 구원받는다고, 사랑을 실천해야 영생을 얻는다고 명료하게 제시해 주고 있다.

　믿기만 하면, 교회에만 다니면 영생을 얻는다는 편협된 사고가 안티의 원인 중 하나일 것이다. 또한 이단이 파생되어 그 부작용이 한몫을 할 것이다.

　어쨌거나 이대로 계속 교회에 다니게 되어 개종한다면 성당이 싫어서가 아니고, 교회에 다녀보니 교회가 더 좋아서일 것이다.

어제 저녁 일곱 시, 해군 중앙 교회에서 부산 고신대 안민 교수님 지휘하의 페로스 합창단(pharos choir) 공연이 있었다.

나는 깜짝 놀랐다.

영혼의 울림으로 이리 감동케 하다니!

"아, 여기가 천상이로다. 모두가 천사로다."

노래하는 이들도 관객도 모두모두 천사들이다. 우주 공간 속에 천국이 있다면 바로 이런 모습이리라. 나는 천국에 있는 느낌이었다.

지금도 어제 한 시간 반 동안의 그 감격에 젖어 여운의 행복감에 빠져 있다. 장면 하나하나를 연상해본다.

입장하면서 장미 한 송이를 관객들에게 불쑥 안기어 꽃 한 송이를 받고 나는 너무 행복해 했다.

50여 명 남녀 젊은 합창단원이 관객을 에워싸고 '호산나'를 부르는데, 정말 천사들의 호위 속에 있는 느낌이었다.

참으로 웅장하고, 거룩하고, 아름다운 선율에 빠져 나의 영혼이 기꺼워 춤추었다. 감격의 도가니 속에서 독창, 이중창,

합창을 듣는 동안 아낌없이 박수 치며 갈채를 보냈다.

개구진 소년처럼, 우스꽝스런 율동으로 맑고 순수한 어린이 모습을 연출하여 부르는 곡들은 한더위에 맛보는 시원한 수박처럼 신선하고 맛깔스러웠다.

서너 살 된 아이가 따라 춤을 춰 흥을 더해 주어 모두가 웃고 즐긴 시간….


아, 주님을 몰랐다면 어찌 이런 시간을 맞겠습니까?

세기의 성악가도 그 어떤 교향악단도 이런 감동을 주지는 못합니다. 제 인생에서 가장 감격적 순간이라고 생각했던, 우리 애들이 국제 학교에서 상을 휩쓸었을 때의 환희, 흥분과는 다른, G선상에서 출렁이는 감동의 물결, 영혼의 울림 그것입니다.

마지막으로, 안민 교수님 노래를 들으며 나는 울었다.

"좁은 문으로…."

감격의 눈물 속에 또 기도를 올렸다.

"주님을 알게 해 주시고, 이곳에 초대해 주셔서 정말 감사합니다."

# 선물

선물은 뇌물과는 달리 우리 마음을 풋풋하고 훈훈하게 한다. 선물을 받으면 마음이 따뜻해지고 부드러워지고 해맑아진다.

선물을 하면 행복하다. 받을 사람이 기뻐할 것을 생각하면 저절로 신명이 난다. 선물을 고를 때의 잔잔한 설렘, 카드를 쓸 때의 그 콩닥거리는 들뜸….

선물은 이렇게 우리 마음밭에 단비를 뿌려 삶을 여유롭게, 풍요롭게 만드는 윤활유 역할을 하는 것이다.

나는 우리 아이들이 쓴 카드를 가끔 읽어보곤 하는데, 내 생일을 축하하는 우리 아이들의 편지를 내보인다.

너무 너무 사랑하는 우리 엄마


 어느덧 한 해가 지나 엄마 생신이 돌아왔네요. 정말 세월 너무 빠르죠?

 벌써 제가 고3이라니 믿어지지가 않아요…. 엄마두 그렇죠? 그 많은 고비와 역경들…. 지금 생각하면 아찔해요. 하지만 우리 가족 정말 잘 이겨냈죠? 헤헤, 감쪽같이!

 엄마는 진이와 저의 정신적 지주 그리고 또 생활의 활력소라구요. 엄마가 휘청하면 저희두 같이 흔들려요. 엄마두 아시죠?

 우리 학비 걱정하시느라 하나 둘 흰 머리가 늘어나는 엄마, 아빠 생각하면 너무 가슴 아파요. 엄마 너무 걱정마세요. 아빠 아시잖아요. 하면 한다!^^ 아빠 잘 해내실거예요. 그러니깐 걱정은 접어두고…. 우리, 기도 열심히 해요. 저도 이제 성당 열심히 다니고, 기도도 열심히 할게요. 우리 가족을 위해서!

 엄마, 지금까지 제가 속 많이 상하게 했죠? 맨날 짜증내고 신경질 부리구…. 죄송해요. 절대로 엄말 무시하거나 만만하게 생각해서 그러는 건 아니예요. 엄마가 제게 편

안하구 가까운 존재라서 그런가 봐요, 앞으로는 안 그럴
게용^^!
　아무튼 오늘은 엄말 낳아주신 할아버지, 할머니께 감사
드려야 하는 날이에요. 꼭 잊지 말고 전화 드리세요.
　엄마, 정이가 무지무지 사랑하는 거 알지?
　생신 추카해요!


　사랑하는 우리 엄마께


제 마음엔 항상
욕심과 질투가 가득하지만
눈을 감으면
내 젊음과 꿈만으로
마치 이 세상을 품에 안은 것 같은
순수함이 있습니다.


나에게도
이렇게 거창한 꿈이 가득한데
별을 보며 바다를 보며

　　　　　　　　　　　　　　정수산의 시가 있는 산문

바람에 실려 가는 민들레의 씨앗처럼 자유로왔던
엄마의 어린 시절 꿈은
얼마나 무한했는지 궁금합니다.
엄마의 어린 시절은 나에게
마치 수업 시간의 역사 공부처럼
낯설고 다가갈 수 없는 영역이지만
한편으로는 엄마에게도
한껏 뽐내는 작고 하얀 새처럼 여리고
깃털처럼 가벼운 그런 꿈이 있었다는 게
엄마를 더욱 가까이 느끼게 합니다.

나 이제 그리 어리지 않고
해가 지날수록 내 품에서 점점 작아지는
얇고 넓었던 나의 꿈을 보며
이제는 나도
인생이란 어렸을 때 그렸던 스케치가 아니라는 걸
입가에 쓴웃음을 지으며 깨달아 가겠지요.

하지만 엄마,
인생이란
오늘이 어제 같고

꿈의 파도는 현실에 부딪혀

나에게로 되돌아오지만

이런 공허함은

하느님께서 빚어내신

모든 인간의 마음속에 존재하는 게 아닌가 생각됩니다.


오늘

어제 일조차 사라져버리는

무의미의 연속에 화가 나지만

이룰 수 없는

꿈들을 품을 상상력을 주신 것이 원망스럽지만

성공이란

행복이라고 굳게 믿으며 살렵니다.


많은 사람들은

자신의 신세를 한탄하며

이 세상을 원망하고, 자신을 불행하게 만들지만

저는 이 삶이

천국에서와는 다른 행복을 느낄 수 있게

하느님께서

나에게 주신 기회라고 생각하며

감사하게 살렵니다.


나의 하루와 엄마의 하루도
바람에 실려 손가락 사이로 사라지는
모래 한 알 같지만
어느 날
깜짝 놀란 눈으로 얼굴을 들면
수천, 수만 개의 모래알들이 모여 이룬
아름다운 해안이라는 것이
인생이라고 깨달으며
후회하지 않고 살렵니다.


엄마 딸 진이가 느낀
평온하고 은은한 해안을 이룬
엄마의 47번째 생신을 축하드려요.


엄마라는 해안을 거닐며
또 다른 해안을 만들어 가는
엄마 딸 진이 올림

나에게 아이들의 편지는 최고로 값진 선물이며, 감격이다.


2005년 6월, 영국 국제학교 한국어 강사를 그만두고 귀국하려 할 때, 나는 교무과장격인 데이비스(Davis) 선생님께 한국 가서 취업하는 데 도움이 될까 해서 추천서를 써 달라고 부탁했다.

쾌히 응낙하시어 약속한 날짜에 찾아가면서 나는 넥타이 하나를 선물했다. 선생님은 겸연쩍어하며 받으시고는 바빠서 서류를 미처 준비하지 못했다며 다음에 오라고 했다.

약속 날짜에, 예쁜 바구니에 유부 초밥을 소복이 담아 가져갔는데, 그날 선생님은 내가 선물한 넥타이를 매고 계셨다.

Mr. Davis, 살 좀 빠지셨나요?

# 현대 사회에서 주의해야 할
# 세 가지


과학의 발달로 최첨단 시대를 걷고 있는 우리 현대인들이 특히 주의해야 할 점에 대해 생각해보았다.

첫 번째는 사기다.

온갖 술수로 현혹하여 돈을 갈취하려는 자들이 곳곳에 산재해 있다.

그들의 술책은 교묘하고 끈질기다. 빈틈없이 서류를 꼼꼼히 챙겼는데 투자한 땅이, 건물이 헛것이 되어버렸다는 예가 있다.

잘 아는 사람이 돈이 있음을 알고 접근하여 몇 년 동안 공을 들여 신뢰를 쌓고는 그럴 듯한 투자를 권유하니 넘어갈 수밖에.

4억 원을 투자했는데, 알고 보니 땅값은 400만 원. 100평을 샀는데 1평 값이 되게 서류를 꾸민 것이다. 그러니 법적으로 대응할 수도 없다. 1평을 100평인 줄 알고 산 사람이 바보인 것이다.

몇 평 안 되는 짜투리 땅을 누가 사겠는가?

결국 한 푼도 못 건지는 격이 된 것이다.

효도 심리를 이용하여 시골에 가서 만병통치약인 양 홀려 자식들이 비용을 부담한 예는 익히 알고 있을 터이다. 부모님께 단단히 당부를 해 두어야 한다. 또한 자식들은 검증된 상품을 생신 선물, 어버이날 선물로 드려야 할 것이다.

목욕탕에서도 아는 이웃이 접근해 오고, 뜨개방이든 어디든 사람이 모이는 곳이면 배수진을 치고, 먹잇감을 낚으려 주시하고 있다.

사기는 비열한 짓이다. 수고하지 않고 세 치 혀로, 검은 양심으로 남의 것을 뺏으려는 협잡이다. 주의해야 한다.

두 번째는 중독이다.

이는 남을 탓할 일이 아니다. 스스로 올무에 걸려드는 격이니.

컴퓨터나 휴대폰에 중독되면 시간을 많이 빼앗길 뿐만 아니라 전자파에 노출되어 신체에 해롭다. 학생들이 이것들에 너무 집착하면 집중력이 소진되어 학생의 의무인 학습에 지장을 준다. 근래에 들어 남학생들의 성적이 부진한 것은 남학생들이 더 많이 게임에 몰두하기 때문일 것이다.

현대 사회에서 IT는 필수다. 그러니 꼭 필요할 때에만 사용하도록 해야 한다.

도박에 중독되면 온가족이 몰락하게 됨은 예부터 있어온 바다.

내 잘못으로 사랑하는 가족을 벼랑 끝으로 몰아서야 되겠는가.

무엇에나 너무 집착하면 중독이 된다.

경마장에서 사는 사람, 술독에 빠진 사람, 밤낮 게임만 하는 사람…. 하루라도 목욕탕에 안 가면 안 되는 목욕 중독자도 봤다. 10만 원이면 한 달 과일 값인데.

중독은 어떤 일에 일시적으로 몰입하여 미친 듯 집중하는 열정과는 확연히 다르다. 열정이 힘이라면 중독은 독이다.


세 번째는 쾌락주의다.

향락을 부추기는 무리와 기구들이 도처에 있기에 멀쩡한 사람까지 유혹하여 방탕으로 이끈다고 한다.

즐거움이 곧 행복이라고 생각하는 사람이 많은 것 같은데, 나는 즐거움은 연속적일 수 없다고 생각한다. 사람은 끝없이 욕망을 갈구하는 존재이기에 오늘 이만큼 만족했으면 내일은 조금 더 높은 강도의 즐거움을 찾게 되어 있다. 그러다 보면 이상한 짓거리의 쾌락에 빠져들게 되는 것이다.

이 경우는 부와 명예, 권력을 쌓은 사람에게서 더 두드러지게 나타나는데, 스스로 경계해야 할 일이다. 먹고 살기 바쁜 사람은 쾌락에 물들 겨를이 없다. 부자가 천국 가기 어렵다 한 것은 이 경우를 두고 한 경고이리라.

쾌락은 흥과는 완연히 다르다. 잔칫날 흥겹게 노래하고 춤추며 즐기는 것과는 판이하게 다르다.

쾌락에 들지 않으려면 자족하는 자세가 필요하다. 작은 기쁨, 열심히 일한 뒤의 성취감에 만족하며, 어려운 이를 돕는 나눔의 뿌듯함을 느끼며 사는 것이 좋겠다. 이렇게 살기 위한 지름길은 신앙을 갖는 것이다. 진정한 신앙은 언제나 선의 길로 인도하기 때문이다.

"시험에 들지 말게 하옵시고(유혹에 빠지지 않게 하시고)"를 수시로 외며 스스로를 정화하며 살 일이다.


사기에 걸려들지 않으려면 일확천금을 얻으려는 한탕주의를 버리고, 정보에 빨라야 하겠다. '요즘 이런 사기가 성행한다더라.' 하는 주위 사람들의 경고에 귀 기울여야 하리라.

중독에 빠지지 않으려면 정신을 바짝 차려야 한다. 열심히

정수산의 시가 있는 산문

사는 삶을 사랑해야 하고, 내게 가장 소중한 가족을 귀히 여겨야 한다.

쾌락주의에 물들지 않으려면 좋은 사람들을 가까이 하고, 건전한 문화생활을 해야 한다. 유익한 취미 활동이나 봉사 활동이 명약이 되겠다.

과유불급이라 했다. 넘치면 모자람만 못하나니!

적당히 채우며 조심히 산다면 복된 삶이 되려니!

# 나는 연옥이 있다고 믿는다

가톨릭에서는 연옥의 존재를 믿고, 기독교에서는 인정하지 않는다.

어떤 책에서 천국을 제1, 제2의 천국으로 보는 시각이 있었는데, 나는 이 제2의 천국이 연옥이 아닐까 하고 생각한다.

내가 연옥이 있다고 생각하는 건 자연의 이치 때문이다.

흑백이 있는 반면, 그 중간색이 있다. 무지개 빛도 원색으로 가는 여러 중간색이 있다. 나무들도 연두색, 연녹색, 초록색으로 변한다.

모든 색깔이 중간색이 있듯 천국과 지옥 사이에 연옥이 있다고 생각한다.

사람의 행적을 흑과 백만으로 구분 짓기에는 애매한 부분이 많다.

성서에서의 천국에 이르는 길은 정말 어린아이처럼 순수해져야 하고, 사랑을 실천하고, 진정으로 주님의 뜻을 따라 산 사람만이 갈 수 있다고 한다.

세상에 이런 사람이 얼마나 되겠는가!

그러면 그 나머지 사람들은 다 지옥에 가야 한다는 건데, 그건 너무 불공평하다.

어쩔 수 없이 죄도 짓고, 생각이 미치지 못하여 잘못도 저지르고, 미처 회개하지 못한 채 죽음을 맞을 수도 있다. 그러나 대체적으로 선하게 살려고 노력하고 살았다면 주님께서 심판대에서 참조해 주시리라 믿는다.

어떻게 공의로우신 주님께서 이렇게 산 사람들과 흉악하고 흉포하고 잔인무도한 죄를 지은 악한들과 함께 지옥불에 처넣으시겠는가!

상식적으로 있을 수 없는 일이다. 그래서 나는 연옥이 있다고 믿는다.

연옥이 있음은 미약한 우리들에게 커다란 희망이다. 그래야 착하게 살려고 애쓴 보람이 있지 않겠는가.

포괄적 의미로 연옥까지를 영생을 얻는 길이라고 믿고 싶은 것이다.


2005년, 나는 한 죽음을 안타까와하며, '먼 여행을 떠난 그대에게'란 글을 쓴 적이 있는데, 그 일부에 이런 글귀가 있다.

대자연 속의 한 줌 흙으로, 아니

행도 불행도 아닌, 오욕칠정의 늪도 없는,

어쩌면 무념무상의 차원 같은 흐름 선상

천국의 계단 어디쯤에서

포괄적 의미로

우리와 함께 존재한다 믿으며

이제 편히 여길게요.

그리고 가능한 한 그대를 잊을게요.

영육의 건강을 위해….

건강하게 사는 것이

우리의 아픔을 함께 나누며 기도해 주신

모든 분들의 뜻을 받드는 것이라 여기며

주님 뜻 안에서 튼튼한 포도나무가

되도록 애쓰며 살게요.


그리고 2014년, 철쭉이 무성히 피어나던 날, 친구의 갑작스런 별세 소식을 듣고 나는 이런 글을 띄웠다.

친구, 내 친구

초 중등학교를 같이 다녔고

한 동네에 살았던 죽마고우 내 친구

분홍, 진홍, 하얀 철쭉 살갑게 피어나는

날빛 고운 이 봄날

다시 못 올 강을 건넜는가

두세 번 전화로 아프지 말아야 할 텐데, 라며

걱정해 주던 맑은 목소리에

고운 맘도 실려 있었네

아, 오욕칠정도 없고

무념무상의 선상에서 우리 악수 나누세

친구여, 편히 가소서


나는 어느 날 이 두 글을 보고 놀랐다.

"오욕칠정의 늪도 없고, 무념무상의 선상"이라고 표현한 이 차원이 연옥이 아닐까 하는 생각이 들었던 것이다.

연옥은 우리의 희망이다.

순교자들처럼, 성인들처럼 그렇게 살지는 못해도 나름대로 선하게 살려고 노력하며 산다면 구원받으리라는 희망, 나는 이 희망에게 무한히 감사하며 오늘도 새로이 산다.

# 십계명은 기독교가 옳다

십계명은 지금부터 약 3,300여 년 전(주전 1250년경) 모세가 히브리인들을 이끌고 에집트에서 탈출하여 시나이 산에서 창조주 하느님(야훼, 여호와)으로부터 받은 계율이다.

백성을 이상 사회로 방향지우는 생명(살 길)의 원리(십계명)였던 것이다.

공동번역 성서 출애굽기 20장 3절의 "너희는 내 앞에서 다른 신을 모시지 못한다."를 가톨릭에서는 "하나이신 주님을 흠숭하라."로, 기독교에서는 "너는 나 외에는 다른 신들을 네게 두지 말라."로 명기하고 있는데, 그 뜻은 같다고 본다.

그러나 나는 성서에 적힌 대로 "너희는 내 앞에서 다른 신을 모시지 말라."로 했으면 좋겠다.

4~6절의 "너희는 위로 하늘에 있는 것이나 아래로 땅 위에 있는 것이나, 땅 아래 물속에 있는 어떤 것이든지 그 모양을 본떠 새긴 우상을 섬기지 못한다. 그 앞에 절하며 섬기지 못한다. 나 야훼 너희의 하느님은 질투하는 신이다. 나를 싫어

하는 자에게는 아비의 죄를 그 후손 3, 4대까지 갚는다. 그러나 나를 사랑하여 나의 명령을 지키는 사람에게는 그 후손 수천 대에 이르기까지 한결같은 사랑을 베푼다."를 기독교에서는 "너를 위하여 새긴 우상을 만들지 말고, 또 위로 하늘에 있는 것이나…"라 하고, 가톨릭에서는 이 둘째 계명을 생략하고 있다. 이는 대단한 오류다.

창조주이신 하느님의 형상은 그 누구도 표현하지 못한다. 그러나 예수님은 실제로 이 땅에 오셨기 때문에 그 형상을 십자고상으로 나타낸다.

가톨릭에서는 성모님 상에 대해 하느님께로 향하는 거룩한 신심의 표상으로 설명하고, 다른 우상을 만들어 섬겨서는 안 된다고 해야 옳을 것 같다.

나는 이 둘째 계명이 너무 길기 때문에 함축하여 "우상을 만들어 절하며 섬기지 말라."로 하고 싶다.

7절의 "너희는 너희 하느님의 아들 야훼를 함부로 부르지 못한다. 야훼는 자기의 이름을 함부로 부르는 자를 죄 없다고 하지 않는다."를 기독교에서는 "너는 네 하나님 여호와의 이름을 망령되이 부르지 말라."로, 가톨릭에서는 "주님의 이름을 헛되이 부르지 말라."로 하고 있는데, 둘 다 적합한 표현인 것 같다.

8~11절에서 "안식일을 기억하여 거룩하게 지켜라. 엿새 동안 힘써 네 모든 생업에 종사하고, 이렛날은 너희 하느님 야훼 앞에서 쉬어라. 그날 너희는 어떤 생업에도 종사하지 못한다. 너희와 너희 아들, 딸, 남종, 여종뿐 아니라 가축이나 집안에 머무는 식객이라도 일을 하지 못한다.

야훼께서 엿새 동안 하늘과 땅과 바다와 그 안에 있는 모든 것을 만드시고, 이레째 되는 날 쉬셨기 때문이다. 그래서 야훼께서 안식일을 축복하시고, 거룩한 날로 삼으신 것이다."를 기독교에서는 "안식일을 기억하여 거룩하게 지키라.", 가톨릭에서는 "주일을 거룩하게 지내라."로 하고 있는데, 성서대로 "안식일을 기억하여 거룩하게 지켜라."로 하면 될 것 같다.

12절의 "너희는 부모를 공경하여라. 그래야 너희는 너희 하느님 야훼께서 주신 땅에서 오래 살 것이다."를 기독교에서는 "네 부모를 공경하라.", 가톨릭에서는 "부모에게 효도하라."고 하는데, 성서대로 함이 좋을 것 같다.

13절의 "살인하지 못한다."14절의 "간음하지 못한다."15절의 "도둑질 하지 못한다."는 그대로,

16절의 "이웃에게 불리한 거짓 증언을 못한다."를 기독교에서는 "네 이웃에 대하여 거짓 증거하지 말라.", 가톨릭에서는

정수산의 시가 있는 산문

"거짓 증언하지 말라."로 하고 있는데, 이도 성서대로 함이 좋을 것 같다.

17절의 "네 이웃의 집을 탐내지 못한다. 네 이웃의 아내나 남종이나 여종이나 소나 나귀 할 것 없이 네 이웃의 소유는 무엇이든지 탐내지 못한다."를 기독교에서는 "네 이웃의 집을 탐내지 말라. 네 이웃의 아내나 남종이나 여종이나…"로, 가톨릭에서는 "남의 물건을 탐내지 말라."로 하고 있는데. 나는 "네 이웃의 소유는 무엇이든지 탐내지 말라."로 함축하고 싶다.

가톨릭에서는 제2계명을 빼고 "남의 아내를 탐내지 말라."로 채우고 있는데, 이는 "간음하지 말라."와 중복된다.

예수님은 율법의 틀에만 매어 있는 바리사이파,율법 학자들을 호되게 꾸짖기도 하셨지만, "내가 율법이나 예언서의 말씀을 없애러 온 줄로 생각하지 말라. 없애러 온 것이 아니라 오히려 완성하러 왔다(마태복음 5:17)."라고 말씀하셨다.

율법을 지키는 것은 규칙을 준수함이며, 정의로운 사회를 위해 앞장서는 것이다.

십계명만 잘 지키고 살아도 영생을 얻을 수 있으리라고 나는 믿는다.


십계명을 이렇게 정리해본다.

1. 너희는 내 앞에서 다른 신을 모시지 말라.

2. 우상을 만들어 절하며 섬기지 말라.

3. 주님의 이름을 함부로 부르지 말라.

4. 안식일을 기억하여 거룩하게 지켜라.

5. 너희는 부모를 공경하여라.

6. 살인하지 말라.

7. 간음하지 말라.

8. 도둑질 하지 말라.

9. 네 이웃에게 불리한 거짓 증언을 하지 말라.

10. 네 이웃의 소유를 무엇이든지 탐내지 말라.

정수산의 시가 있는 산문

# 가톨릭도, 기독교도, 우리 사회도
# 변해야 한다

'십계명'처럼 동서고금을 막론하고 통섭되는 율법이 있는 반면, 시대에 따라 변해야 하는 법도 있다.

가톨릭에서 부부는 사회법상 혼인이 성립되어야 세례를 주는 제도가 있다. 그러나 재혼일 경우 혼인 신고를 하면 심각한 문제가 발생하는데, 배우자 사망 시 양측 자녀들에게 복잡한 상속 문제가 얽히기 때문이다.

혼인 신고가 안 되면 세례를 받을 수 없다기에 혼인 신고를 했다가 생명의 위협까지 받은 사례가 있다.

나는 이 제도가 재혼일 경우에는 예외로 해야 된다고 생각한다.

그리고 자살했을 경우 장례 미사도 치러 주지 않는데, 이 제도도 불합리하다고 생각한다.

생명 존중 사상은 좋은데, 그렇다면 많은 사람을 계획 살인한 살인범의 장례 미사는 드려 주고, 한 생명을 끊은 영혼은 제외한다는 모순에 빠진다.

어떤 사람이었든 죽음 앞에선 숙연해져야 하며, 공평해야 한다. 후생 일은 알 수 없는바 이생의 마감 앞에선 겸허히 명복을 빌어주어야 한다고 생각한다.

가톨릭에서는 이 문제를 심각하게 고려해 보고 시정해야 할 것이다.


기독교의 맹점은 교회 다니는 사람만이, 믿음만 있으면 구원받는다는 착각에 있다고 본다.

이것이 일반적인 인식인 줄 알았는데, 내 주위 교인들은 이런 사고를 가진 사람은 한 사람도 없었다. 예컨대, 잘못 받아들인 일부 목자들의 설교에서 비롯된 오류이지 싶다.

그리스도의 사랑을 실천해야 영생을 얻을 수 있다는 것을 전반적으로 재인식시킬 필요가 있겠다.


급변하는 현대 사회에서 가장 심각한 문제로 대두되는 것이 사기, 협잡이다.

옛날 농경 사회에선 흔하지 않았던 이 문제가 현대 사회에선 국민에게 해악을 끼치는 절체절명의 병폐가 되었다.

현재 우리 형법은 사기 행각에 대한 처벌이 너무 약하다.

형량을 높여 엄벌에 처해야 한다.

또한 국민 정서의 갈등을 조장하거나 사회 불안을 야기하는 SNS를 통한 날조도 단죄해야 할 것이다.

세월호 사건 때, 이준석 선장을 두둔하는 글이 문자로 발송되었는데, 수백 명 목숨을 앗아간 무책임한 그를 옹호하는 자들을 왜 사회는 심판하지 않는가?

이즈음, 특정 번호를 받기만 해도 수백만 원이 결제된다는 문자를 받았는데, 이 또한 사회 불안을 야기하는 날조이다.

그리고 세 번 이상 계획 살인을 저지른 살인범은 사형시켜도 과하지 않을 거라 생각한다.

법을 제정하는 분들은 고통당하는 국민들을 위해 심사숙고하여 주시기를 당부드린다.

# 손

인간의 신체는 참으로 오묘하게 빚어져 오장육부, 이목구비 등 모든 기관이 제 역할을 담당하고 있다. 그중에서도 손의 쓰임새는 참으로 다양하다.

필수품을 만들어 우리 삶을 윤택하고 풍족하게 하는 손.

악기를 연주하여 귀를 즐겁게 하는 손.

회화와 조각으로 눈을 즐겁게 하는 손.

언어의 형상화로 문학을 재창조해 내고, 글로 기록하여 과학의 발전을 이끌어 낸 손.

기거할 집을 짓고, 하늘을 나는 비행기까지 빚어내는 원대한 손.

정직한 땀의 노고로 온갖 먹을거리를 경작해 내는 농부의 손.

이 위대한 손이 일구어낸 농작물로 맛의 묘미를 느끼게 해 삶의 감칠맛을 더해 주는 요리하는 손.

이 모두가 유익하고 고마운 손이다.

정수산의 시가 있는 산문

이렇게 유익하고 고마운 손이 있는 반면, 해악을 끼치는 손도 있다. 살기 어린 손은 사람을 다치게 할 수도 죽일 수도 있음이다.

내 주위를 깨끗이 하고, 손을 자주 씻으며, 죄악에 물들지 않도록 마음까지 정갈히 하며 살 일이다.


인간 사회에서 아름다움을 빼면 정말 삭막할 것이다. 실제로 젊은 남성이 예쁜 여자를 보면 몇 초 동안 삶의 의욕이 샘솟는다 한다. 그래서 서양 남자들은 일부러 선글라스를 끼고 다닌단다. 계속 쳐다보기 민망하니까 눈알을 굴려가며 보기 위해서.

아름다움은 사람의 마음을 순화시킨다. 아름다움 곁엔 은은한 미소가 번지고, 먹지 않아도 배부른 포만감이 따른다.

우리 주위엔 거저 얻을 수 있는, 바라만 보아도 미소가 흐르는 아름다움이 있다.

그것은 앙증맞은 아가 손, 아리따운 아가씨 손, 두 손 모아 기도하는 손이다.

# 진이 손

너무 예쁜 진이 손
볼 때마다 꽃이 핀다 - 예쁜 생각의 꽃
내 마음도 머릿속도 예뻐지게 하는 꽃

파란 하늘 밑 땅에 골을 파고
무씨, 배추씨를 뿌렸다.

서너 달 동안 천 배 만 배로 키워낸
씨의 생명력, 농부의 손
생명을 구하는 의사의 손
영생을 희구하는 목자의 손
선한 손의 힘이여

성글어 가는 갈대 숲길을 걸으며
연두 빛 새순 솟는 봄을 기다린다
예쁜 진이 손을 보기 위해

정수산의 시가 있는 산문

# TV,
# 이 영상 매체의 위력


시간이 남아도는 사람들에게 TV는 벗이며 스승이다. 최근엔 컴퓨터, 스마트폰이 압도적으로 젊은 층을 선도해 가지만, 10년 전만 해도 TV의 위력은 대단했다.

지금도 대중문화의 보급은 TV가 주도하고 있다고 본다. 방송국에 종사하는 분들은 정말 올바른 가치관을 갖고서 임해야 하리라.


2001년쯤이었던가?

〈허준〉 방영 때 MBC 시청자 공모에 당선된 작품인데 내보인다.


다양한 삶을 사는 현대인들의 목표는 다분히 개성적이고 주관적일 수 있겠지만, 대체적으로 우리는 실현 가능한 이상을 추구하며 사는 것을 인생의 목표로 삼는다.

그러기에 성장기의 청소년들은 마음속에 이상적 인물을 설정하여 닮아가려 노력하며 사는 것이 좋다 한다.

사상 최고의 시청률로 절찬리에 방영되고 있는 MBC 월화드라마 <허준>은 이상적 인물 제시라는 점에서 시청자들에게 큰 의의를 지닌다.

아픈 이를 긍휼히 여기며 인술(의술)을 베푸는 허준의 헌신적 삶의 자세는 쉽게, 편하게만 살려는 오늘의 우리들에게 하나의 경종이 아닐 수 없다. 신분의 귀천이 족쇄로 채워져 있던 시기에 불굴의 의지로 삶을 개척해 나가는 정신은 전인류에게 귀감이 되고도 남을 만하다.

서자로 태어나 울분을 터뜨리며 반항하던 그가, 이상을 세우고 푯대를 향해 달려가게 했던 삶에 대한 열정, 편히 살 수 있는 길을 마다하고, 아버지의 그늘을 벗어나 어렵사리 홀로서기를 자처했던 의기, 이 열정과 의기야말로 백절불굴의 무기였으며, 의서 동의보감을 저술하게 한 힘이었을 것이다. 그래서 삶의 표상으로 되새겨지는 것이다.

중 고생인 우리 아이들도 허준만은 꼭 시청하며 흥미진진하게 지켜보는 것을 보면서, 위험한 초월적 삶을 구가하는 것처럼 보이는 청소년들에게 경고의 메시지가 되리라 믿으며, 드라마 한 편이 이렇듯 큰 역할을 수행할 수 있음에 감탄한다.

　그러나 허준의 인기로 한의학을 지나치게 신비화시키는 것이 아닌가 하고 우려하는 이도 있고, 알려진 바가 없는 허준이란 인물의 사생활을 미화시킨다며 비판하는 이도 있는 것 같다.

　하지만 허준은 기록 영화가 아니라 의학서 동의보감을 저술한 허준이란 역사적 인물에 근거하여 쓴 창작극이다. 따라서 극중 인물은 극화될 수 있다고 본다. 또한 오늘날 동양 의학은 연구 대상으로서, 신비의 의술로 서양인들을 놀라게 하고 있다.

　<허준>은 내용 면에서뿐 아니라 연출, 연기 등도 조화롭게 진행되고 있다고 여겨진다.

　특히 배역 설정을 잘한 것 같다.

　주인공 허준 역을 맡은 전광렬은 너무도 인간적인 부드러운 면모와 일에 전념할 때의 예리한 모습을 무리 없이 소화해 내고 있으며, 예진 역의 황수정은 참한 말씨와 이슬같이 맑은 모습으로 하여 우리 가족의 사랑을 받고 있다. 재구성 장치로 보이는 예진이라는 가공의 인물을 설정하여 재미를 더해 준다. 웃음보따리를 선사해 주는 임오근, 구일서의 연기도 돋보인다.

TV라는 영상 매체는 대중문화를 선도하는 막중한 책임을 지고서 시청자들에게 정보를 제공해 주고, 지구촌 곳곳의 모습을 생생하게 보도해 주며, 온갖 프로그램으로 유익함을 더해 주고 있다.

그 중에서도 드라마는 안방극장의 꽃으로서 사람의 심금을 울리며 대중에게 큰 영향을 미친다.

인생 여정을 필사본해 주는 영상 매체로서의 역할에 충실하며, MBC 드라마 <허준>은 우리의 마음을 꼭 붙잡고 있다.

이 드라마의 성공은 무엇보다 두터운 시청자 층에 있다 하겠다. 어린이, 청소년, 장노년층에 이르기까지 수많은 시청자를 확보해 두고서, 일주일을 설레며 기다리게 하는 마력을 지니고 우리에게 다가오고 있다.

어려운 현실을 극복하여 이상을 실현하고, 동의보감 같은 훌륭한 의서를 저술한 허준의 행적을 일깨워 줌은, 무한한 이상을 꿈꾸는 젊은이들에게 꿈과 희망을 심어주고, 이상적 인물을 제시했다는 점에서 높이 사고 싶다.

대중매체를 이끌어가는 우리 기성세대는 성장기의 청소년들을 밝은 미래로 이끌어 가야 할 책임이 있음을 명심하고, 건전하고 유익한 문화 제공을 하는 데 앞장 서야 할 것이다.

인생의 과도기에 있는 청소년들에겐 드라마 한 편의 모범적 인물이 삶의 향방을 결정짓게 할 수도 있고, 늘 존재해 왔지만 음성적으로 산재해 있는 부정적 측면을 적나라하게 드러냄으로써 잠재적 가능성의 씨앗을 뿌리는 격이 될 수도 있다. 말하자면 폭력성, 범죄성 등 이런 것들의 지나친 노출은 삼가는 것이 좋겠다.

결론적으로, MBC 월화드라마 <허준>은 신선한 충격이며 즐거움이다.

# 14년 전의 일기

　어제 저녁, 울적한 심사를 털어버리고 싶어 산책을 나섰다. 나의 요청에 선뜻 응한 둘째와 테니스장 주위를 돌며 우린 마음을 열고 내심을 털어 놓았다.

　"엄마, 아빠도 힘드시겠지만 저희도 힘들어요."

　"그래, 힘들겠지. 하지만 어쩌겠니, 현실인걸."

　"엄만 제게 정신 연령이 엄마 나이라며 제게 모든 걸 의논하지만 사실은 감당하기 힘들어요. 전 중학교 2학년인 소녀라구요."

　"그래, 그래, 미안하다. 그렇게 힘들었니?"

　워낙 조숙한 아이기에 나는 온갖 어려운 사정을 정제하지 못한 채 풀어 놓곤 했다. 얼마 전에도 "엄마, 힘드시면 감정을 그냥 노출시키세요. 화나시면 화내고, 울고 싶으면 맘껏 울어버리세요."라고 했기에 나는 모든 걸 이 아이에게 의지하려 했던 것이다.

남편이 18년간 잘 다니던 직장을 그만두고, 사업한답시고 이 험한 세상에 뛰어든 후부터 우리 가정엔 불안의 기운이 돌고 있다. 국제 사립학교에 다니는 두 아이의 학비만도 월 200만 원을 웃도는데, 퇴직금으로 얼마를 버틸지 아득하기만 하다. 그의 사업이 잘 되기를 염원하며 기다리는 수밖에 없다.

초등학교 때부터 두각을 나타내던 두 아이는 국제학교에 다니고부터 그들(영국, 유럽 등지의 학생들)에게 지지 않으려고 더더욱 열심히 해 큰애는 모든 학과에서 우수성을 드러내며 전교 1등(Winner)을 향해 도전장을 내걸었다. 둘째도 이번 학기에 어떻게든 ESL(English School Language)을 나와 내년쯤엔 저도 도전해보겠다며 각오가 대단하다. 사정이 어려워지니 애들이 더 눈에 불을 켜고 덤비는 것 같다.

문제는 아이들의 꿈이 너무 크다는 데 있다.

"집안 형편에 따라 진학을 해야지 어쩌겠니?"라는 나의 설득에 큰애는 수긍하는 편이다. 그런데, 둘째는 "그럼 입학금만 해 주세요. 제가 벌어서 다닐게요."라며 강력히 외국 유학을 주장한다.

테니스장을 몇 바퀴 돌았는지 모른다.

돌고 돌며 어느 순간 내 손을 꼭 잡으며, "엄마, 저는 세계

최우선 대열에서 실력을 겨뤄보고 싶어요."라며 간절한 눈빛으로 날 주시한다.

"그래, 네가 그렇도록 절실히 원하면 꼭 그렇게 될 거야."

"엄마, 현실만을 강조하지 마시고, 제게 희망을 불어넣어 주세요."

"맞아, 두드리면 열린다고 하지 않든? 넌 꼭 해낼 거야."

그리고 우린 뒤편 어린이 놀이터로 갔다.

"엄마, 그네 타요."

그네가 두 개 있어 그네를 타다 옆으로 돌리는 재미를 발견하고, 우린 아이들처럼 좋아했다.

그리고 이런 환경 속에 사는 처지를 감사히 여기자며 서로 위로하고, 가벼운 마음으로 9층 우리의 보금자리로 돌아왔다.


그런데 어제 진이가 했던 그 말이 종일토록 맴맴 돈다. 세계의 인재들과 경쟁해보고 싶다던….

아, 어떻게 하면 아이들에게 길을 터 줄 수 있을까?

30여 년 전, 내 부모님 모습을 떠올리며 지금 내가 그 처지에 있음을 깨닫고 새삼 놀란다.

아득한 남쪽 시골에서 부산으로, 서울로 보내 공부시킨 내 부모님. 그래도 전답 팔지 않고 사립대학까지 보내신 부모님을 생각하니 힘이 솟는다. 나도 해낼 수 있을 거야!

"소녀들아, 꿈을 펼쳐라. 맘껏 뻗어 보아라."

나는 간절히 기도한다.

"주님, 저희 아이들이 세계의 선두 주자로 달릴 만한 능력이 있다면 그리고 당신의 영광을 조금이라도 드러낼 수 있는 어여쁜 딸이라면 길을 열어 주소서. 간절히 간절히 비옵나이다."


얼마 전에 전화를 하면서 "너희들은 재능이 많은 것 같아. 그림도 잘 그렸고, 글도 잘 쓰고, 노래도 잘 하고."했더니 진이가 "다른 데 재능이 있는지는 잘 모르겠구요, 제가 지금 하고 있는 학과에는 특별함이 있는 것 같아요. 저는 실험하는 좋은 손을 가졌고요, 논문 세 편을 써야 하는데 벌써 두 편을 써서 냈더니 교수님이 좋아하세요."라고 한다.

이 나라 대학 교수 관문은 좁디 좁단다.

박사 학위를 받아 연구 기관에서 일한 경력이 있어야 하고, 학술 전문지 등에 논문을 발표하여 연구 실적을 쌓아야 한단다.

그러고도 두 번 기회를 주어 통과하지 못하면 영원히 교수직은 못한다니….


진이는 14년 전 내 일기 속 희망 앞에 아직 서 있다.

나는 '꿈은 이루어진다.'이 희망에게 감사의 화살을 쏜다.

아직 길은 멀지만 '두드리면 열릴 것이다.'이 열정을 품고 진이는 해낼 것이라 믿는다.

정수산의 시가 있는 산문

# 기쁨은 크게,
# 슬픔은 작게

"뜸북뜸북 뜸북새 논에서 울고~"

최근 들어 일찍 귀가한 남편이 심심풀이로 기타를 치더니만, 어느 틈에 가락을 익혔는지 정이가 아빠 옆에 바싹 붙어 앉아 노래를 부르고 있다.

깨끗한 음색으로 차분히 노래하는 아이와 열심히 반주하는 남편의 진지한 모습을 보며, 나는 그만 행복감에 빠져든다. 아니, 이 즐거움의 현장을 철저히 만끽하고 있다는 표현이 옳겠다.

우선 20년 가까이 이 나라 저 나라, 이곳저곳으로 옮겨 다니면서도 누렇게 변색한 '애창곡집'을 꼭꼭 챙겨온 보람이 느껴져 마음이 뿌듯해진다. 그리고 부녀가 잠시 향기로운 시간을 맞고 있는 정겨운 모습에 감동해 버린다.

이뿐인가. "야, 들어가서 공부나 해. 입시생이 무슨…."이런 폭언을 쏟지 않고, 이 순간을 여유롭게 받아들이고 있는 스스로에게 감탄하기까지 하는 얼뱅이이기도 하다.

나의 이런 부풀리기 행복론 때문인지 우리 가족에게 난 '철부지 아내, 못 말리는 우리 엄마'로 통하지만, 누가 뭐래도 이 뻥튀기 행복론은 고수하고 싶다.

뼈 아픈 체험의 소산, 내 소중한 자산이 아니런가.

건강을 잃으면 모든 것을 잃는 거라 했다.

그런데 젊디젊은 날 나는 피로감과 쇠약증에 눌려 죽음의 산이 가까이 옴을 느끼고는 '그래, 저 산이 나를 쉬게 해줄 안식처로구나.'하고 죽음이 구원인 것처럼 여긴 적이 있었다, 부끄럽게도….

그러나 진짜 죽는다고 생각한 순간, '죽어도 살아야겠다.'는 삶의 불꽃이 활활 타올랐다. 살아야겠다는 의지, 그것은 바로 저 아이들을 지켜야겠다는 모성애였다.

30년, 40년 뒤에도 나는 저 애들의 엄마이고 싶다.'는 강렬한 욕구가 쇠약한 심신을 곧추세우며, 날 일으켜 세웠다.

잠자는 두 아이의 해맑은 모습을 보며 그때 나는 이렇게 기도했다.

"주여, 육신이 허약하여 비록 고통스럽게 살지라도 살아 있어 저 애들이 성장해 가는 것을 지켜보게 해 주소서."

그런데 그 꿈이 현실이 되어 있음을 문득 깨닫는다.

아픔은 아이 달래듯 잠재워가며, 기쁨은 크게 부풀려 되도록 오래 머무르게 하면서 긍정적 사고를 넓혀 가자 건강의 길도 열려 이제 생활에 지장 없이 되었다. 그리고 오늘 이렇듯 행복한 날을 맞아 감격해 하고 있는 것이다.

토요일 오후, 남편은 운동하러 가고, 아이들은 대학 가는 선배가 저녁 사준다며 좋아라 외출하고, 혼자 남아 집사(?)가 되었어도 나는 하냥 행복한 새다. 아파트 9층에서 무더기무더기 녹음 짙은 주택가 경관을 감상하며, 무료함을 탓하지 않고 한가로움을 담담히 즐기는 여유로운 새이다.

한 번 왔던 사람은 다시 돌아오게 된다는 전설의 도시, 자카르타.

유난히 맑고 푸른 하늘이 유년의 내 고향 같아 정 붙이며 살게 하는 곳.

야자수가 도래솔로 서 있는 나의 자리로 찾아가 나는 또 내 작은 소망을 노래하리라.

# 바벨탑을 쌓지 말라.
# 아내를 사랑하라

2002년 9·11사태 때 나는 경악했다.

인간이 만든 창조물 중 내가 가장 경탄해 하는 비행기로, 버금가게 여기는 고층 건물을 무너뜨리다니….

나는 과학도들을 존중한다.

'어떻게 TV가 버튼만 누르면 켜지고, 그 속에서 온갖 유희가 이루어지는 걸까? 냉장고는 어찌 저리 차가워져 음식물을 오래 보관할 수 있을까?'

참 신통하다. 에디슨처럼, 또 누구처럼 과학자가 어느 날 번쩍 하는 아이디어로 신묘한 발전을 이루어 오늘날의 이 요괴(?)들을 만들어 냈음 아니런가!

어릴 때, 호롱불을 켜고 살다가 어느 날부터 동그란 전구에 불이 켜지고, 전화가 개통되고, TV가 보급되고…. 정말 신기루 같았다.

정수산의 시가 있는 산문

날이 새롭고, 더 먼 곳에 가면 더 경이로운 세계가 있을 것만 같았다. 한여름 밤의 은하수를 보며 미지의 세상을 꿈꾸었다. 그래서인지 나는 고향에서 멀리멀리 날아다녔다. 내가 경탄해 마지않는 비행기로.

날렵한 모형으로 창공을 나는 비행기.

내부를 보면 참으로 세세하게 단장되었으며, 최첨단 기능 장치로 조종사는 유유히 비행한다.

전지전능하신 신은 알파요, 오메가라 했다. 그런데 신이 빚어낸 인간도 위대한 것 같다. 비행기를 보면.

성전, 호텔, 백화점 같은 건물에 들어서면 위압감을 느낀다.

저 수많은 자재들은 어디서 구해 이리 황홀하게 지어냈는가? 적절한 공간 배정의 설계며, 면밀한 꾸밈새까지…. 놀랍다.


이렇도록 내가 추앙하는 비행기가, 놀랍게 우러러보는 고층 건물을 까뭉개다니.

경악하지 않을 수 없었다. 그리고 곧장 바벨탑이 생각났다.

저 높은 탑은 인간의 욕망을 쌓아 올린 것이다. 한계가 어디까지인지 시험이라도 하듯 각국에서 쟁탈전을 벌이며 힘을 과시하고 있는 것이다.

높이 더 높이… 우리 기술이, 능력이 더 좋아, 좋아!

나는 이렇게 권고하고 싶다. 28층 이상의 건물은 짓지 말라고.

단신으로 계단을 올라본 적이 있는데, 28층에서 더 오를 수가 없었다. 아무리 건강한 남성이라도 화재가 발생하여 소화기를 등에 지고 오른다면 28층 이상 오를 수 없겠기 때문이다.

역사적으로 남자들은 많은 위업을 이루었다.

전쟁터에 나가 싸우고, 비행기 등을 제작하고, 불가사의한 건축물을 지어낸 것도 거의 남자들이었다.

내가 결혼하기 전, 성경 말씀 중에 거부감이 가는 것이 '아내는 남편에게 순종하라.'는 것이었다. 그런데, 아이들을 키우고 살아보니 이 말에 수긍이 갔다. 어떤 회에서나 리더가 있어야 하듯, 집안에서도 중요한 때 질서를 잡아주는 사람이 필요하다는 생각에서다.

반면, 남편은 아내를 사랑하라 했다. 이도 맞는 말인 것 같다. 아내는 남편의 사랑을 먹고 산다. 최근에야 깨달은 바지만 나도 좀 더 애교스럽게 하여 더 많은 사랑을 받아낼 걸 하는 아쉬움이 든다.

'세계를 지배하는 건 남자지만, 그 남자를 지배하는 건 여

자다.'라는 말이 있다.

남자들은 큰일을 해내지만 여자의 애교에 약한 것이다.

역사상, 여인의 치마폭에 싸여 정사를 그르친 예도 많고, 주위에서도 여자의 간계에 넘어가 범죄에 드는 경우도 봤다.

집회서에 "선량한 아내를 버리지 말고, 간사한 아내를 믿지 말라."했는데,

젊은 남성들이여, 지혜롭고, 선하고, 아름다운 보석을 어떻게 찾아낼지 눈을 크게 뜨고 살피시오. 어떤 여성을 선택하는지는 그대들의 몫이라오.

기혼남들이여, 내 아내가 다음 중 어떤 여성인지 간파하여 많이 많이 사랑해 주세요.

위의 세 가지를 다 갖춘 여성을 찾았다면 그대는 행운아입니다.

아내를 보석처럼 여기며, 평생 감사하며 사시오.

지혜로운 여성을 맞았다면 그대는 현명한 사람이오.

자식을 잘 키우며 집안을 두루 평안케 할지니!

요리를 잘 한다면 그대는 행복한 사람이오.
날마다 일류 식당에서 식사하며 건강하게 하려니 그 아
니 행복할까?

마음이 온유한 아내를 얻었다면 기뻐하시오.
가문을 선의 향기로 채울 것이며, 집안에 평화가 깃들지니.

몸과 마음이 건강한 아내라면 흡족해 하시오.
심신 강건하면 모든 일이 순조로울지니 그 아니 든든할
까?

외모가 아름다운 여인을 맞았다면 그대는 용감한 남성
이오.
용기 있는 자가 미인을 얻는다 했나니, 아내를 소중히
여기시오.

알뜰하고 부지런한 아내라면 감사하시오.
집안을 정결케 하며 티끌 모아 태산같이 이루어 살지니.
신앙심이 깊은 아내라면 무조건 사랑하시오.

　　　　　　　　　　　정수산의 시가 있는 산문

역경에도 꿋꿋하리니, 가장 값진 선물을 받은 것이라오.

맞벌이 하는 아내라면 고맙다고, 수고한다고 등 두드려
주시오.
가사 일을 분담한다 해도 아내의 희생이 더 클지니 감
사, 또 감사해야 하리. 평생 벗으로 동행할 수 있으니 복
되고 복되도다.


9·11사태 같은 일은 다시는 없어야 한다.
악이 세상을 지배하는 일은 없어야 한다.
궁극적으로 선이 악을 이기는 세상이 되어야 한다.

# 자선도, 기부도
# 습관화되어 있어야

기부도 하는 사람이 늘 하고, 자선도 평소 베풀며 사는 사람이 자주 하는 것 같다.

솔직히 나도 기부에 인색한 편이었다.

우리 엄마가 농사지으시며 너무 힘들게 5형제를 키우고 공부시키는 것을 보고, 우리 엄마보다 더 가엾은 사람은 별로 없다고 생각했기 때문이었다.

교회에서도 정말로 감명받았을 때 외에는 선뜻 기부하지 않는다.

신림동 성당에 다닐 때, 몽골에서 사역하시는 신부님이 그곳 어려운 실정을 토로하시고는 "제가 여러분에게 드릴 것은 이것밖에 없습니다."라며 가곡을 한 곡 부르셨다. 정말 너무 잘 불러 가슴이 찡했다. 그때 나는 10만 원을 계좌 입금했다.

얼마 전, 우리 교회에서 중동에서 선교하시는 분이 죽음을 무릅쓰고 사역하는 사연을 털어 놓았다. 나는 돌리는 바구니에 만 원 짜리를 넣었다. 그리고 지하도에 엎디어 있는 이에게 동전 몇 닢 보태주는 것, 고백하건대 이 정도다.

그렇다고 내 부모님껜 박정할 수 없었다.

막내가 대학 다닐 때 몹시 곤궁해 하시길래 과외해서 모아둔 천만 원을 드렸다.

그런데 재작년 느닷없이 전화를 하시어 계좌번호를 가르쳐 달라는 것이었다. 고사리밭을 해서 노후 자금을 모아놨으니 천만 원을 갚아야겠다는 말씀. 펄쩍 뛰었지만 예금 만기가 된 7백만 원이 있다며 은행 직원을 바꿔 번호를 부르라기에 나머지는 안갚는 조건으로 7백만 원을 받았다. 못 말리는 우리 엄마.


큰애가 직장에 다녀 집안일을 돌봐주러 다녔는데 버스 타는 길 옆에서 왜소한 남자가 미역을 팔았다. 볼 때마다 사는 이는 아무도 없었다.

어느 날 보니 길바닥에 앉아서 짜장면을 먹고 있었다. 가엾다고 생각하면서도 그냥 지나쳤다.

구약 성서를 읽고 있던 어느 날 내게 깨달음이 왔다. 아무리 가난해도 일 년에 세 번(과월절, 추수절, 초막절)은 주님 앞에 빈손으로 나아가면 안 된다는 것이다.

나는 그 사람보다 백 배 나은데, 왜 미역 한 장 사주지 못했는가. 만 원 한 장 주고 왜 미역을 못사 주었을까. 검증되지 않은 상품 같아 사지 못했는데, 그럼 만 원 한 장 쥐어줬으면 되잖나.

작은 묵주와 함께 만 원 짜리를 쥐어주려고 챙겨갔다. 그런데, 그 사람은 없었다. 그 후에도 쭉.

효도하려 해도 부모는 기다려 주지 않는다더니….

내가 평소 자선하는 습관이 배어 있었다면 그때 그냥 지나치지 않았을 것이다. 기부도 자선도 습관화되어 있어야 함을 비로소 깨달은 것이다.

때는 늦었다. 그러나 늦었다고 생각할 때가 빠른 때라 했다. 물은 뜨거운 불을 끄고, 자선은 죄를 없앤다 했나니, 자선의 첫발을 내딛자.

# 인류 기원과 문명사

올 봄 우연히 요한 계시록을 보게 되었는데, 도무지 이해가
되지 않았다.

성서를 통독하면 되려나 싶어 구약 성경부터 정독하기 시
작했다. 읽다 보니 아브라함부터 현재까지 약 4,000여 년이란
연대 측정이 있어 노아의 홍수로부터는 얼마나 흘렀는지 궁
금해졌다.

창세기의 족보대로 계산을 해보니 노아의 홍수로부터는
4,274년(2014년 현재)이 흘렀고, 아담과 이브로부터 노아의 홍
수까지가 1,656년이다. 그러니까 인류가 탄생한 지 5,930년인
것이다.

데라가 아브라함을 낳고 몇 년 뒤에 나홀을 낳았는지의 기
록이 없어 5,930년이 조금 안되었다고 보면 된다. 그리고, 모
세가 이집트에서 탈출한 시기를 기원전 1250년경(?)이라 하니
약간의 오차가 있을 수 있겠다.

과학적 입증은 어떤가 싶어 인터넷을 뒤졌다.

교과서에서 배운 네안데르탈인과 크로마뇽인 생각이 나서 비교해보니 네안데르탈인은 약 60만 년 전에 출현하여 20만 년 전에 왕성히 활동하다 3만 년 전에 멸족했다 한다.

크로마뇽인은 약 4만 년 전에 출현하여 1만 년 전에 역시 멸족했다 한다. 그런데 유전자 등을 통하여 내린 결론은 크로마뇽인이 우리 인류의 조상이라는 것이 정설이다.

그러면 왜 1만 년 전에 크로마뇽인이 멸족했을까?

우리 조상이 크로마뇽인이라면 현재까지 이어져왔어야 옳다.

노아의 홍수가 생각났다.

홍수로 순식간에 크로마뇽인이 멸절했다면 노아의 후손이 서서히 퍼져 다시 문명사를 이어왔을 것이기 때문이다.


인류의 문명사를 뒤져 보니 놀랍게도 성경의 인류 역사와 거의 일치하고 있다.

수메르인의 설형문자는 BC 3100년경의 것으로 추정되며, 티그리스강과 유프라테스강 유역을 중심으로 하는 메소포타미아 문명에서도 BC 3000년대 말의 4만여 개 문자판이 발굴되었다고 한다. 그리고 최초의 녹도 문자가 BC 3900~3800년 사이에 창제되었으며, BC 4000년경의 선사 시대 유적도 발굴

되었다고 한다.

따라서 성서에서의 인류 역사와 유물로 본 인류 문명사는 거의 일치한다고 봐야 한다.

그렇다면 크로마뇽인의 4만 년 전 출현설을 어떻게 봐야 할까?

이는 '방사성 탄소 동위 원소 연대 측정'에 문제가 있다고 여겨진다.

홍수 이후의 4,000여 년을 1만 년으로 계산했으니 4만 년 전은 실상 6,000여 년 전일 수도 있는 것이다.

이것에 무게가 실려지는 건, 빙하가 확장되어 더 추운 시기인 빙기가 약 1만 2,000여 년 전에 끝나고, 빙하가 녹는 덜 추운 시기인 간빙기에 우리가 살고 있다는 학설 때문이다.

3만여 년 전에 멸족했다는 네안데르탈인은 1만 2000여 년 전, 빙기에서 간빙기로 넘어올 때 멸족했지 않나 싶다. 그리고 인류가 간빙기에 탄생되었다면 약 6000여 년 전 창조되었을 수 있는 것이다.

그렇다면 1억여 년(6600만 년?) 전에 멸종한 공룡과 빙기 말에 멸족한 네안데르탈인은 왜 갑자기 사라졌을까?

나는 이렇게 추정해 본다.

공룡이 중생대에서 신생대로 넘어가는 시기에, 네안데르탈인이 빙기에서 간빙기로 되는 사이에 멸종한 것은 예측불허의 기후 변화 때문이었을 거라고.

왜냐하면 지진, 해일, 운석 등의 영향이었다면 전멸하진 않았을 거라고 예상되기 때문이다.

따라서 매서운 추위가 혹은 폭서가 순식간에 닥쳐 대처할 수 없는 상황이었을 거라고 추정되는 것이다.

네안데르탈인은 시체를 매장하고, 직립 보행했다고 하나 수십 만년 동안 원시적 방식 그대로 생활했다고 하는 것으로 보아 인간보다 지적, 언어적, 아니면 또 다른 면의 능력이 떨어지는 피조물이었지 않나 하는 것이 나의 추론이다.


그리고 진화론에 대해선 일고의 가치도 없다고 나는 생각한다.

진화론자들은 뇌 용적이 커지는 쪽으로 진화했다고 하는데, 네안데르탈인, 크로마뇽인 둘 다 현생 인류보다 뇌가 컸던 것으로 입증되었다. 또한 점차적으로 진화했다면 중간 과정이 있어야 하는데, 침팬지와 인간의 중간 과정 생물체는 그 어디에도 없다.

상식적으로 생각해 보아도 그럼, 유인원은 어디서 나왔을까?

태초에는 신이 창조했다고 보는 것이 옳다.

인류 문명사에서도 입증되었듯이 성서에서의 인류 창조론은 옳다고 봐야 한다.


지구는 참으로 신기한 존재다. 인간도 동식물도 마찬가지다. 우리의 한계로서는 가늠할 수 없는 무궁무진한 신비로움이다.

나는 이렇게 상상해본다.

우주 속에 천국과 지옥이 있고, 지구는 우주의 외아들이라고. 무수한 별들은 지구인을 위한 장식품이라고. 그리고 우리 인간은 창조주이신 주님의 사랑하는 피조물이라고.

# 헨델(Hendel)의 메시아(Messiah)

우리 교회는 그리 크지도 작지도 않은 평범한 건물이다.

본당은 연노란 빛을 띤 목재로 꾸며져 은은하고 향기롭다. 제단을 향하여 둥글게 좌석 배치가 되어 있고, 위층에서도 내려다 볼 수 있어 음악당 같은 느낌이 든다.

2014년 12월 25일 낮 12시, 성탄 축하 예배가 시작되고 목사님 설교 후 합창 하이라이트 헨델의 메시아 서곡(sinfonia)이 울려 퍼진다.

**평화의 왕으로 오실 메시아, 주께 영광**

마구간에서 한 아기 태어나
작은 고을 나자렛 등불되셨네
온 세상 밝힐 등불

무성한 숲 가운데
나무 한 그루
비바람 땡볕 견뎌
푸르게 꼿꼿하게

심판의 주로 오시어
깨끗게 하시리라
물로 세례받은 자 죄에 물든 자
가려내어 심판하시리라

구름 타고 오시어
하늘에는 영광
땅에는 평화

영광의 빛으로
정의의 눈빛으로
오시리이다

아, 채찍질 당하시던 그때
십자가 지고 언덕 오르실 적에
야유와 능욕의 빗발 속에서도 묵묵히

**어머니**

아버지 뜻을 따라
갈바리아 산으로 산으로

병자 고치시던 치유의 능력도
지혜로 번득이던 명철한 말씀도
다 벗어버리고
가시관 쓰시고 말 없이
주님께 순명하여
십자가상으로

우리는 양떼같이 헤매였네
세상사에 물들었네
영욕의 세월에 눈멀었네

방목의 양 떼 위해
십자가에 못 박혀 죽으시고
부활하신 예수 그리스도
성령의 불빛으로 오시어
지상에서 40일
그리고 승천하셨네

영광의 빛으로 다시 오실

주님이시여

세상을 깨끗게 하시리라 믿나이다

정의의 칼날로 시비 가려

새 세상 여시리라 믿나이다 믿나이다


간간이 눈물이 나 손수건으로 감격의 눈물을 닦아내며, 나는 1시간여 동안의 천상 여행을 즐겼다. 이 환상적인 합창 속에 내 인생이 있고, 세상 모든 것이 있었다.

희노애락애오욕, 빨주노초파남보.

천둥 번개도 치고, 기쁨 슬픔이 교차하고, 온갖 색깔 꽃들이 피어났다. 신비스런 세상이 펼쳐지고, 대양의 남빛 바다가 출렁거렸다.

눈 덮인 설원에서 나는 춤을 추었다.


우람한 바위와 나무들 사이에서

우렁차게 신비롭게

수많은 군중의 함성이 울려나왔다

거룩하시도다 거룩하시도다

열 두 대문 진주
순금 도성에
수정 같은 생명수 흐르고
해도 달도 죽음도 고통도 없는
새 세상에
주님의 영광 드높아라


70여 명 남녀 합창단원과 두 대의 피아노 그리고 30여 명 관현악단이 뿜어내는 환상의 하모니를 나는 행복 주머니 속에 꼭꼭 채워 넣었다.

아프고 힘들 때 꺼내 쓸 행복 예금 통장, 행복 주머니.

내년에는 감사와 찬양 주머니를 받아 이웃과 나누며 살 수 있기를 기대하며, 천상 여행에서 깨어났다.

주님, 감사합니다. 오늘 너무 행복합니다.

# 싱글까지 10년<sub>(나의 골프 이야기)</sub>

혈기왕성한 젊은이들에게 적합한 운동은 많다. 축구, 야구, 농구, 배구, 테니스 등 그 종류도 다양하다. 그러나 과격한 운동은 삼가야 되는 장년층에 걸맞은 운동은 그리 많지 않다.

그 중 노년까지 나름대로 즐길 수 있는 운동이 바로 골프가 아닐까 생각된다. 비싼 것이 흠이지만.

'골프에 빠지면 셋째 첩도 떨어진다.'는 말이 있을 정도로 골프의 마력은 대단하다.

왜일까? 뭐니뭐니해도 골프가 재미있기 때문이다. 그리고 골프를 치면 삶의 의욕이 솟구친다. 다음엔 잘될 것이라는 기대감에 내일을 헤이고, 다음 주를 기약한다. 이 얼마나 기막힌 묘약인가.

아마 골프가 없다면, 재력 있는 더 많은 남성들이 불륜에 얽히고, 비정상적 쾌락을 좇을지도 모른다는 생각마저 든다.

골프를 하면 금상첨화로 건강에 매우 이롭다.

18홀을 돌면 최소한 만 보는 걷게 되고, 푸른 세상 속에서

만사를 잊고, 조그만 공의 흐름에 시선을 집중하여 즐거움을 만끽할 수 있는 것이다.

내가 처음 골프채를 잡은 건 10여 년 전 호주에서였다.

연습장에서 남편 채로 휘둘렀는데, 그중 몇 개가 새까만 밤 하늘을 뚫고 하얗게 날아갔다. 참 이상했다. 남들이 칠 땐 그저 그랬는데, 내 공이 뜨자 내 마음도 함께 날아오르는 것이 아닌가!

꿈속에서도 환상의 세계를 날며 공이 나를 유혹했다. 허나 현실은 여의치 않았다. 아이들이 어려 옴짝달싹 못하는 처지에 골프라니….

그런데 의외로 기회는 쉽게 왔다. 자카르타로 발령을 받아 오고 보니, 너나없이 도우미를 두므로, 둘째가 유치원에 다니자 가끔씩 잔디를 밟을 수 있게 되었다.

처음 얼마간은 전문 강사한테 강습을 받다 남편과 동행하여 연습장에 다니다 보니, 차츰 그가 내 전담 코치로 변해갔다. 선배님 엄명에 따라 열심히 연습했다. 남편은 남에게 폐를 끼치면 안 된다며 머리를 올려주고, 골프 규칙을 깐깐히 가르쳐 주기도 했다.

누구나 하는 얘기지만 '오늘은 뭔가 진짜 깨달았다.'며 채를 들고 시범을 해 보이면서 부부간의 대화도 무르익어 갔다.

골프가 재미있다 하여 누구에게나 마냥 재미있기만 한 것은 아니다. 웬만큼 치다 보면 참 어렵고 미궁의 스포츠임을 자각하게 된다. 화가 나서 손을 놓아버리고 싶을 때가 한두 번이 아니다. 그리고 골프가 안 되는 100번째의 이유, '이상하게 안 된다.'도 수없이 되뇌게 된다. 그게 바로 골프의 매력이기도 하지만, 이 고비를 넘기지 못하면 골프의 진수를 느끼기도 전에 중도하차하는 격이 되고 만다.

폼이 무너지면 기본 룰을 점검해보고, 코치를 받는 게 좋다고 생각한다.

나의 경우, 아이언(Iron) 때문에 상당히 애를 먹었다. 우드(Wood)와 아이언 샷(Iron shot)이 교대로 무너지기도 했지만, 아이언의 배반은 나를 실의로 몰고 갔다. 코치를 받아도 그때뿐 효험이 없었다.

드디어 남편의 고무에 힘입어 아이언 세트(Iron Set)를 교체했다. 물론 폼을 교정하긴 했어도 이렇게 말짱하게 좋아질 줄이야.

골프가 한결 쉬워지고, 다시 재미있어졌다. 한 타 한 타 신중해지며, 스코어를 줄여가는 맛은 짜릿했다. 로우 핸디캡(Low Handicap)일수록 몇 타 줄이기가 얼마나 힘든지도 실감하게 되었고, 그린 근처에서의 어프로치 샷(Approach Shot)이 얼마나 중요한지도 알게 됐다. 7, 8번 아이언으로 퍼트(Putt)처럼 어깨만 돌려 굴리기, 피칭으로 살짝 띄워 붙이기, 벙커(Bunker) 뒤에서 샌드(Sand)로 오픈(Open)하여 과감히 찍어치기 등 정교함의 진의를 느끼는 순간들은 진지했다.

골프는 희비의 연속이라 해도 과언이 아니다. 그렇게 안 되다가도 노력하면, 세월이 가면 어느 날 100이, 90이 깨지고, 싱글도 하게 되는 것이다.

올 것 같지 않던 그날이 내게도 문득 찾아왔다. 아마추어가 핸디캡 싱글을 치려면 드라이브(Drive,장타), 아이언(Iron, 정확), 칩샷(Chip shot, 정교함), 퍼트(Putt, 신들림)가 모두 좋아야 한다.

빈대떡 부치듯 칩샷이 착착 붙고, 퍼트도 지가 알아서 쏙쏙 들어가 전반 42, 후반 39를 쳐 드디어 해낸 것이다.

대부분이 혹시나(?)가 역시나(?)가 될지언정, 어느 날의 이 기막힌 환상의 희열이 우리를 유혹하여 다시 골프장으로 이끈다. 그래서 골프를 하면 치매 예방에도 좋은 것일까?

물론 만사 뒤로 하고 골프에만 치중하면 안 되겠지만, 혼미한 현실을 살짝 벗어나 삶의 충전소로 삼는다면 골프는 분명 일에도 건강에도 약이 될 것이다.

시원한 바람 부는 저녁 나절, 노을에 물든 서녘 하늘도 함지로 빠져들고, 어둑어둑 어둠이 몰려오는 해거름에 내가 걸려 행복하다고 이것이 행복이라고 되뇐다.

필드에 서서 파아란 하늘을 보면 내 고향이 거기 있다. 연푸른 수림이 마음을 순화시키는 곳, 이른 아침, 물방울들이 잔디 위에서 다이아몬드로 빛나는 이곳 골프장에 오면 마냥 행복해진다.

그래서 나는 아이들 먹을 것을 부지런히 만들어 놓고, 가끔씩 푸른 들로 나선다. 그리고 때론 남편과 함께 골프 중계 방송을 보며, 타이거 우즈를 이야기한다.

# 교육은 백년대계

규칙을 준수함은 곧 정직하다는 거다.

언제부턴가 우리 사회에서 정직함은 미련함으로 내몰려 홀대받고 있다.

권모술수에 능해 돈 잘 벌고, 권좌에 오르면 최고인 줄 아는 사회, 황금만능주의가 득세하는 세상이 되어버렸다.

국가의 중요 설비가 가짜 부품으로 채워져 언제 발발할지 모르는 위험지경에 있다는 설도 있다.

속임수가 난무하고 있는 이 현실 앞에 우리가 해야 할 일은 뭘까?

제일 중요한 것은 교육의 재확립이라고 생각한다.

정직하게 살아야 너와 내가 공생할 수 있다는 것을 가르쳐야 한다.

세월호 사태도 규칙만 준수했더라면 모두가 살 수 있었을 거라 하니 준열한 꾸짖음이라 하겠다.  권모술수에 능해 잘 나가는 것처럼 보여도 그들은 결코 유종의 미를 거두지는 못한다. 최종 승리자는 법대로 사는 사람 곧 규칙을 준수하며 사는 사람이다.

우리 선조들은 근면하고 성실했다.

합천 해인사에 가서 팔만대장경을 보면 여실히 알 수 있다. 나무를 구증구포하여 만든 것이 쇠덩이보다 견고하다. 아홉 번을 쪄서 바닷물에 담갔다가 말리기를 아홉 번, 그 귀찮은 과정을 성실하게, 정직하게 이수했기에 이런 대장경을 만들 수 있었던 것이다.

그런데, 교육은 백년대계라는데, 정책이 너무 자주 바뀌어 걱정이다. 우리 때엔 서울대 출신이면 무조건 우러러 봤다. 그 어려운 수II의 관문까지 통과했기 때문이다.

수학은 중요하다. 국제 사회에서 경쟁하려면 영어는 필수고, 수학에도 능해야 한다. 그래서인지 영국 국제 학교에서는 수학만큼은 중학 과정부터 우열반을 나누어 공부시켰다. 실력 차이가 너무 나면 진도를 나갈 수 없기 때문일 것이다.

영국의 유수 대학 경제학과는 Math. High를 꼭 이수할 것을 요구한다. 오늘날의 경쟁력은 경제 관리와 계산력에서 많이 좌우되기 때문이 아닐까?

영어를 잘하기 위해 심혈을 기울이는데, 국어를 잘해야 영어도 잘한다는 사실을 명심해야 한다. 단어, 문장 수준을 넘어 전체 문맥을 이해하고 파악하기 위해서는 모국어 실력이 틀을 잡고 있어야 한다. 고등학교 이후에는 영어 실력이 국어 실력과 거의 비례한다고 보면 된다.

영어가 아무리 중요해도 간판들까지 마구잡이로 영어로 할 것까지 있을까? 아파트도 괴상한 이름들이 등장하고, 건물명도 발음하기도 어려운 이상한 영어 이름으로 속속 바뀌고 있다. 규제해야 할 것이다.

어쨌거나 국가 경쟁력을 키우려면 우수 인력을 양성해야 함은 누구나 알 것 같은데, 우리나라는 언제부턴가 평준화라는 고리에 매여 하향길을 걷고 있다. 학력 평준화가 마치 인권 평등이라도 되는 것처럼….

시험이 왜 있는가?

우열을 가리기 위함 아닌가.

예전의 본고사 시험에 비하면 수능은 변별력이 약하다. 그런데 거기서도 쉽게 출제해야 국민 요구에 부응하는 양 한 문제 틀리면 B등급이니 어쩌니 소리가 나오는 건 참으로 우습다.

영국의 대학 시험은 약 보름간 치러진다. 객관식, 주관식으로 철저하게 우열을 가려낸다.

우리 애는 시험을 보고 와서 "엄마, 주관식 시험이라 내내 글을 썼더니 손가락이 아파." 하는 것이었다.

교육 제도는 정말 신중하게 개선해야 한다. 각국의 교육 제도를 꼼꼼히 검토해 보고, 서서히 바꾸어도 늦지 않을 것이다.

의욕만 앞서 지붕에 비 샌다고 서까래, 기둥까지 갈아치우는 우를 범해서야 되겠는가.

중요한 것은, 시험을 변별력 있게 출제하여 우수 인력을 키워내는 것이다. 우리나라의 밝은 미래를 위해.

# 인생은 축복이다

인생의 목표는 개개인에 따라 다를 것이다.

교과서에서는 이상을 실현하기 위함이라 했고, 어떤 이는 가족을 부양하기 위해서, 사랑을 위해서, 라고 했다. 또는 돈을 벌어 즐기기 위해서, 라고도 한다. 이는 어떤 상황이냐에 따라, 연령층에 따라 다를 것이다.

나는 예전에, 왜 사냐고 물으면 "태어났으니까 살지."라고 답했다. 태어났으니까 할 수 없이 산다는 관조적 태도, 말하자면 살아내야 한다는 의미였다.

이보다는 이왕 태어났으니 보다 기쁘게, 의미롭게 사는 것이 더 적극적 자세일 것이다.

그러나 나는 극한의 상황, 너무 힘들어서 미쳐버리고 싶었을 때 "신이시여, 왜 인간을 창조하셨나이까?"라며 울부짖었다.

이런 고통 속에 있을 때 어찌 인생이 선물이라고, 축복이라고 말할 수 있겠는가? 기쁘게 살라고, 의미롭게 살아야 한다고 충고한들 가슴에 와 닿겠는가?

정수산의 시가 있는 산문

그런데 희한하게도 고통의 산을 넘고 나면 평탄한 길이 나타난다.

산통을 겪고 난 후의 산모처럼, 인생은 그렇게 잔잔하게 흐를 때가 있는 것이다.

118세 된 어떤 할머니는 그간의 인생이 어둠과 밝음의 반복이었다고 술회했다는데, 그 반생밖에 못산 내 인생 또한 그러했다.

기쁠 때가 있었고, 슬플 때도 있었다.

낮과 밤이 교차하듯 인생도 그렇게 웃고 울며 사는 것일까?

소중한 아이들을 선물로 받았고, 이 나이에 잘 먹고, 잘 자고, 건강한데 뭘 더 바라겠는가.

그리고 손자를 보고 나니 인생이 축복임을 알게 되었다. "아빠 좋아. 엄마 좋아. 할머니 좋아." 하며 말을 배우는 손자를 보면 한없이 행복하다. 그래서 이 순간 나는 "인생은 축복이다."라고 말하련다.

# 나는 아마 사랑인가 봐

산마루가 곱게 빗질되도록
언덕배기 썰매 타던 어린 시절엔
어머니 가슴 속에 사랑의 싹
아롱다롱 틔웠었지

개나리 진달래 흐드러지게 웃으며
산울림으로 피어오르던
청춘의 봄엔 또
불꽃 연정에 사랑의 뿌리
쭉 뻗어 내렸지

고개 숙인 벼 황금물살로
철없는 여인의 마음 어루만지니
오곡이 알을 까고 새 생명 주듯
어느 새 그도 어미 되어
온전한 사랑의 아이
꼭 감싸 안았네

알밤은 익어
툭툭 불거지며 찬바람 오라 해도
말썽장이 모든 아이
더욱 어여뻐지니
나는 아마 사랑인가 봐